KB108499

박물관을 쓰는 직업

박물관을
쓰는 직업 신지은

국립중앙박물관 연구원,
일과 유물에 대한
깊은 사랑을 쓰다

마음산책

박물관을 쓰는 직업

국립중앙박물관 연구원,
일과 유물에 대한 깊은 사랑을 쓰다

1판 1쇄 발행 2022년 11월 5일
1판 2쇄 발행 2023년 7월 15일

지은이 | 신지은
펴낸이 | 정은숙
펴낸곳 | 마음산책

편집 | 성혜현 · 박선우 · 김수경 · 나한비 · 이동근
디자인 | 최정윤 · 오세라 · 한우리
마케팅 | 권혁준 · 권지원 · 김은비
경영지원 | 박지혜

등록 | 2000년 7월 28일(제2000-000237호)
주소 | (우 04043) 서울시 마포구 잔다리로3안길 20
전화 | 대표 362-1452 편집 362-1451   팩스 | 362-1455
홈페이지 | www.maumsan.com
블로그 | blog.naver.com/maumsanchaek
트위터 | twitter.com/maumsanchaek
페이스북 | facebook.com/maumsan
인스타그램 | instagram.com/maumsanchaek
전자우편 | maum@maumsan.com

ISBN 978-89-6090-775-1 03810

* 책값은 뒤표지에 있습니다.

박물관에는 단 하나의 표준어가 존재한다.
그건 바로 고고학도 역사학도 미술사학도 보존과학도 교육학도
그리고 박물관학을 몰라도 이해할 수 있는,
'보통 사람들의 말'이다.

귀한 것을 보고 작은 글을 쓰다

박물관을 '쓰는' 것이 나의 일이다. 국립중앙박물관에서는 소장품을 소개하는 메일링 서비스 「아침 행복이 똑똑」의 에디터, 박물관 바깥에서는 박물관 전시와 문화재를 소개하는 칼럼니스트. 처음으로 이 두 가지 일을 함께 소개한 이 책에는 세 가지 이야기를 담았다.

먼저, 일하는 이야기이다. 박물관에 다니며 일하는 시간과 그 사이에 겪은 조그만 일화들을 담았다. 박물관에서 일하는 좀 실없는 친구 하나를 알게 된 것처럼, 풍경처럼 흘러가는 박물관의 일상을 같이 보아주시면 좋겠다. 사무실과 전시실, 정원. 일터로서의 박물관 공간들을 오가면서 주머니 속에 넣어 가지고 다니던 기억들도 한편에 놓았다. 한

곳에 펼쳐놓고 보니, 말 없는 것들에 대한 이야기였다. 유물들뿐만 아니라 정원과 복도의 식물들, 그리고 일로 만난 박물관 안팎의 사람들. 말 없는 것들에도 다양한 빛이 깃들어 있음은 박물관에서 일해온 몇 해 동안 알게 된 가장 중요한 사실이었다. 내 마음을 살며시 쏠고 난 자리에 연하게 스미는 아롱아롱한 빛들, 일하면서 얻은 내 기억의 대부분을 채우고 있는 그 묵묵한 다정함에 대해 썼다.

또한 이 책은 지나온 이야기이기도 하다. 미술사를 공부하고, 미술관과 박물관에서 일하고, 박물관과 우리 문화재에 대한 글을 쓰는 사람이 되기까지. 도자기로 치면 이제 막 물레에 올라간 흙덩어리 같던 시절이다. 도자기는 원래 흙이었다가, 반죽이었다가, 그릇 모양을 얻는다. 그리고 유약을 입고 가마에서 구워지며 비로소 단단한 도자기가 된다. 우리가 박물관에서 보는 멋진 도자기들은 모두 이 과정을 거쳐 나온 완성품들이다.

그러나 나는 유물처럼 완결된 존재가 아니다. 지금도 무언가로 계속 만들어져가고 있다. 그래서 아직 모양도 무늬도 없는 흙 반죽 같던, 이제 내 안에만 남은 지난 단계들에 대해서도 쓰기로 했다. 아직도 뒤적여보면 바로 어제 일처럼 아사삭거리는 이야기를 옮기고, 오랜만에 꺼내어 접힌 자국이 남은 이야기들은 손끝으로 꼭꼭 눌러 펴가며 썼다. 박물관에서 일하는 사람들이 계속 변화하고 성장하고 있음을 보여드리고 싶어서였다.

그다음은 이 책을 읽는 이들과 함께 박물관을 돌아보는 마음으로 썼다. 유물에도 마음이 있다면 그건 어떤 것일까, 그리고 어떻게 읽으면 좋을까 하는 질문으로 출발하는 이야기들이다. 이 이야기들 속에서 나는 한 발짝 떨어져 함께 전시를 보다가 이 작품 너무 좋지 않냐며 살짝 팔 등을 두드리는 일행 역할을 할 것이다. 아끼다 잉크가 굳어버린 볼펜 한 자루에도 평생의 애착을 간직하는 이라면, 조금 더 즐거우실지도 모르겠다. 박물관은 인류의 맨 아래 칸 서랍 같은 곳이니까.

이 세상에는 물건에 무슨 마음이 있냐고 생각하는 사람도 있고, 오히려 물건이기에 만든 사람, 사용한 사람, 간직하고 고친 사람의 마음이 다 담길 수 있다고 생각하는 나 같은 사람도 있다. 사람의 눈길과 손길이 닿은 물건에 깃든 마음을 들여다보면, 거울처럼 지금의 자신이 비친다. 그러므로 유물에 담긴 시간을 바라보는 이는 자기 안의 시간을 발견하게 될 것이다. 유물이 놓인 공간들 속에서 나의 자리를 돌아보게 될 것이다. 박물관을 쓰는 일도 그러하다. 열 손가락으로 헤아려지지 않는 수백, 수천 년 너머의 옛날로 출발해도, 글의 끝은 늘 우리가 살아가는 나날이 얼마나 애틋한지로 돌아오곤 한다.

계속 글을 쓸 수 있는 것은 너그러운 눈으로 글을 읽어주시는 분들 덕분이다. 잘 읽고 있다고, 거듭 읽었다고 전해주실 때마다 새로운 글을 한 줄씩 한 장씩 더 써낼 힘을 얻었다. 귀한 것을 보고 쓴 이 작은 글에 따뜻한 부분이 있다면 그 온기는 박물관을 채우고 있는 시간과 마음들에서 빌려온 것이라고 밝혀둔다.

책을 쓰기 시작했을 때 편집자님과 이런 이야기를 나누었다. 글을 읽는 사람들이 저마다 다른 기억, 좋아하는 마음을 떠올리면 좋겠다고. 여러 날 여러 밤, 별것 아닌 마음을 손바닥 온기로 비벼가며 글로 쓰고 난 지금 남은 생각도 그렇다.

2022년 10월
신지은

차 례

1

말 없는 것에
마음을 쏟는 일

화이팅을 외치는 사자상

　"박물관 사람들은 대화할 때 농담도 유물로 하고 그러냐?"는 질문을 받으면 정색을 한다. 아니, 생각을 해봐. 되겠어, 그게? 안 해. 다들 일하기 바빠.

　그런데 사실은 한다. 예를 들어 3년에 한 번꼴로 등장하는 레퍼토리가 있다. 내가 일하는 국립중앙박물관 사무실에는 직원들이 출장이나 휴가로 자리를 비울 때 이 내용을 표시해두는 근무 상황판이 걸려 있다. 가끔 오후에 반가(박물관에서는 연차를 연가, 반차는 '반가'라고 부른다)를 쓰고 다음 날 출근해보면, 상황판에 누군가가 '신지은: 반가사유상' 같은 글로 소심하고 귀여운 장난을 쳐놓은 걸 발견한다.

웃으셨나요? 웃었죠, 지금? 그런데 손뼉을 치며 깔깔 웃을 정도는 아니고 피식하는 정도로 넘어가는 것. 그게 박물관에서 일하는 사람들이 좋아하는 웃음이다.

이것보다 웃긴 농담을 할 수 있는 사람이 없어서가 아니다. 수백 명이 모여서 일하는 곳에 재치 넘치는 사람 하나 없을 리 없다. 그러나 쉽고 강렬한 농담은 조금만 상황이 바뀌어도 무척 부적절한 의미가 되어 누군가에게 큰 실례나 상처가 되기도 한다.

박물관에서 7년을 일해보니, 선을 넘는 출중함보다는 선을 넘지 않는 안전함이 이곳의 덕목이다. 그렇기에 일터의 웃음도 요란한 폭소보다는 잔잔하고 무해한 웃음이 더 환영받는 것 같다. 양치질할 때 문득 떠오르고 교통카드를 찍다가 또 피식 웃게 되는.

그렇게 박물관 사람들은 일 가지고 농담하기 같은 건 모를 듯한 담담한 얼굴들이 되어간다. 일하다 유물을 보고 우스운 생각이 떠올라도, 아마 주머니에 쓱 집어넣어 버릴지 모른다. 남들을 웃길 기회를 놓치다니……. 관심 받기 위해서라면 뭐든지 덤비고 마는 세태에 그야말로 귀감으로 삼을 만한 절제력이 아닌가.

나도 그런 사람인가 하면, 주머니에 넣어둔 농담이 메말라버리기 전에 쏙 꺼내서 모아놓는 편이다. 웹 서핑을 하다 웃긴 사진을 보면 저장해두듯이, 박물관에서 일하다가 재미있는 유물을 발견하면 폴더에 사진을 모아둔다. 그러나 채팅창에라도 꺼내 쓰며 사람들을 웃길 수 있는 '짤'과 달리, 이 사진들은 몇 해째 그저 쌓여만 간다. 그러다 얼마 전 업무용 컴퓨터 바탕화면 사진을 그 앨범 속 유물 사진들로 바꾸었다. 그중에서 특히, 퇴근까지 유난히 시계가 더디게 움직이는 것 같은 날에는 국립경주박물관에 있는 〈석조사자입석〉의 사진을 오래도록 들여다본다. 풍성하고 굽슬굽슬한 갈기를 달고 주먹을 불끈 쥐고 일어난 모습에서 헤라클레스나 삼손이 떠오르는 멋진 조각이다.

　불교에서 사자는 악마를 제압한 석가모니의 절대적인 경지를 상징하여 회화나 조각 등의 불교미술품에 자주 등장한다. 그중에서도 나는 뚝섬에서 출토된 금동불처럼, 사자들이 부처가 앉은 자리 밑을 극진하게 받치고 있는 사자좌獅子座 불상들을 좋아한다. 제천 〈사자빈신사지 석탑〉 중간에 샌드위치처럼 끼어 있는, 이발할 때를 지나친

비숑 강아지처럼 뭉뚝뭉뚝한 사자들도 좋아한다. 그리고 허리가 날씬한 사자 두 마리가 합심해서 석등을 번쩍 들어 올린 국보 〈중흥산성 쌍사자석등〉도 우아해서 좋다.

좋다, 좋다. 그러나 평일의 직장인에게 필요한 것은 힐링이 아니라 한 줌의 힘이다. 그러니 자꾸 산만해지는 정신을 붙들어야 할 때 필요한 사자는 경주박물관의 〈석조사자입석〉 같은 힘찬 녀석이다.

이 사자는 등을 돌리고 서 있어서 얼굴이 보이지 않는데도 우렁차게 포효하는 모습이 눈앞에 그려진다. 단단한 화강암을 마치 찰흙 빚듯 부드럽게 조각해서 등부터 엉덩이, 네 발에 다 바짝바짝 힘이 들어간 견고한 긴장감이 생생하다.

이 조각상은 아마 건물 모서리 기둥의 한 부분이었을 것이다. 늠름한 사자들이 귀퉁이마다 서서 떠받쳤을 통일신라시대의 집. 집은 이제 지붕도 들보도 없어지고 터조차도 없어졌는데, 혼자 남은 이 사자는 아직도 그때처럼 보이지 않는 무언가를 애써 들어 올리고 있다.

쳇바퀴를 돌리는 다람쥐, 산 밑에서 바위를 굴려 올리는 시시포스. 딱 그 자리를 지키고 서 있기 위해 온 힘을

〈석조사자입석 石造獅子立石〉,
통일신라,
국립경주박물관

풍성하고 굽슬굽슬한 갈기를 달고

주먹을 불끈 쥐고 일어난 모습에서

헤라클레스나 삼손이 떠오르는

멋진 조각이다.

다하고 있는 사자. 다들 일하는 괴로움을 빗대는 것 같아 슬프다. 그러나 쉴 새 없이 컴퓨터 파일이 열리고 닫히는 바탕화면 속 사자가 사무실 모서리 벽을 짚고 견갑골을 꾹꾹 펼치면 스스로 화이팅을 외치는 직장인처럼 보이는 날이 있다. 두툼하게 말린 꼬리에까지 근육이 딴딴하게 차 있는, 이 힘센 통일신라 사자가 온 힘을 다해 밀어 올리는 것이 바로 그리 특별하지 않은 '오늘'임을 알게 되는 날.

일에 치여 납작하게 시들어가다가 이 사진을 보면, 목부터 허리까지 활짝 펴고 숨을 깊이 들이마시게 된다. 구멍 난 고무바퀴에 획획 공기를 불어넣는 것처럼 마음속의 기압이 올라가는 느낌이 든다. 자, 일어날 수 있어! 일할 수 있다!

택시 기사님들끼리 공유하는 '행선지별 맞춤 화제 가이드라인' 같은 게 있는 걸까. 출근 시간 맞추기가 아슬아슬한 월요일 아침에 택시를 타면 목적지 확인 후에 기사님들께 반드시 이 질문을 받게 된다.

"박물관 다녀요? 공무원이에요?"

"아니요."

"아, 그래요?"

본인이 아는 공무원 누구의 성공 혹은 실패, 혹은 '요즘 공무원들'에 대한 성토를 잔뜩 장전하셨던 기사님은 약간 머쓱한 듯 말수가 적어지신다. 더러 "아니, 거기도 기관 아냐. 왜 공무원이 아니에요?" 하고 다시 한번 심도 있는 대화의 물꼬를 터보려고 하는 분들도 있다.

사실 박물관에 출퇴근한 몇 년 동안 하도 많이 들어서, 이제 거의 챗봇처럼 아무 생각 없이도 유창하게 답할 수 있는 질문이다. 예, 공공기관은 맞습니다만 공무원도 있고 저처럼 공무원이 아닌 일반 직원도 있고 그렇죠. 그러나 챗봇은 '왜' 같은 복잡한 대답은 수행할 수 없다. 그리고 월요일 아침 8시 30분의 직장인도 갑작스레 지난 인생을 반추할 기운이 없다. 그 시각 나의 내면은, 솜사탕을 물에 박박 씻어버린 너구리처럼, 주말을 흘려보낸 슬픔으로 가득 차 있다. 나는 그저 건조한 목소리와 공허한 눈빛으로 "그러게요" 하고 대꾸하고, 침묵이 차오르는 택시에 실려 흐린 서울의 아침을 가로질러 간다.

가끔은 "그럼 손님도 사람들한테 전시 설명해주는 일을 하나요?" 하는 질문도 받는다. 사실 관람객들이 가장 자주 만나고 기억하기 쉬운 '박물관 사람'이 바로 전시를 해설하는 도슨트이다. 이건 챗봇도 친절하고 명쾌하게 답할 수 있다.

"하하, 아니요."

대답은 "아니요"지만, 이 질문은 좋아한다. 어쩌면 박물관에서 일한다고 밝혔을 때 날아오는 질문 중에 가장 좋아하는지도 모른다. 내가 하는 일들도 본질적으로는 '사람들에게 작품을 설명해주는 일'에 가깝기 때문이다. 박물관 안에서는 문화재를 소개하는 짧은 글들을 매만지고, 박물관 밖에서는 전시를 소개하는 글을 쓴다.

이 질문에는 한 가지 더 좋은 점이 있는데, 질문자 자신도 박물관이나 미술관에 가본 적이 있음을 자랑하고 싶은 귀여운 욕심이 담겨 있다는 점이다. 그래서 이 질문은 그렇다고 하든 아니라고 하든 행복한 결말로 흘러간다. 나의 대답과 상관없이, 이들은 곧장 자신이 기억하는 가장 똑똑하고 친절한 도슨트를 회상한다.

알고 보면 그들이 간 곳이 박물관이 아니라 궁궐이나 역사 유적일 때도 있다. 해외여행에서 만난 가이드나 박식한 일행도 어떤 사람들에게는 모두 감탄을 자아내는 '해설사 선생님'으로 기억되기도 한다. 그러나 그곳이 어디였든, 그들이 누구였든 그게 그리 중요할까. 박물관에서 누군가의 이야기를 들으며 신기하고 즐거웠던 기억을 품고 살아가는 사람들이 있다는 게 좋다. 그들 중엔 매일, 모르는 사람을 차에 태워 데려다주는 일을 하는 사람들이

있다. 그러다 월요일 아침부터 벌써 고된 얼굴로 박물관
으로 출근하는 손님에게 '박물관' 하면 떠오르는 자신의
행복한 기억을 나누어주기도 하는 것이다.

연세가 많은 기사님 중에는 혹 "그럼 경복궁으로 가면
되지요?" 하시는 분도 있다

"경복궁 안에 있는 것은 국립고궁박물관이고요."

"경복궁 건너편에 있는 거기인가?"

"그건 국립민속박물관입니다."

사실은 1970년대, 1990년대에는 국립중앙박물관이 있던
곳들이다. 2005년 용산에 문을 연 지금의 국립중앙박물관
이 익숙한 세대는 박물관의 옛 자리들을 연표나 사진으로
만 접해보았겠지만, 어떤 사람들에게는 여전히 기억에 생
생하게 남아 있다.

"국립중앙박물관 안까지 들어가본 거는 광화문 앞에 있
을 때, 지금은 허물었지. 우리 애들 조그말 때, 방학이라고
갔었지."

지금은 해체되어 없어진 옛 중앙청 건물에 박물관이 있
던 시절, 어린 자녀들을 데리고 갔다가 그 뒤로는 한 번도
박물관에 가본 적이 없다는 분도 계셨다.

"그 뒤로는 항상, 입구까지만 와보네요."

그런 이야기를 듣다 보면, 언젠가는 다시 한번 박물관에 가고 싶어하는 마음이 느껴진다. 그런 마음을 감지하면 내 마음속 우울한 너구리도 총총 사라지고, 슬슬 부팅이 완료된 챗봇이 열일을 한다.

"박물관은 입장이 공짜예요?"

"표 끊는 것도 있는데, 일단 무료 전시만 해도 하루 종일 보실 수 있어요. 주차는 유료고요."

"지금도 전시가 있어요?

"매일매일 있어요. 신정, 구정, 추석 당일 빼고 다 해요."

"그럼 혹시 지금 가면 들어갈 수 있어요?"

"주차하시고 연못 한 바퀴 둘러보고 커피 한잔하고 딱 들어가시죠. 10시에 여니까."

챗봇은 관람객용 주차장 방향까지 가리켜드리고 차에서 내리며 로그아웃 한다. 그러고 나면 뭘 이렇게까지 열심히 영업을 했나 싶을 때도 있다. 나와 다시 볼 일 없는 사람들이 박물관을 다시 볼 일이 있길 바라는 이 마음을 표현할 단어를 언젠가는 찾을 수 있겠지.

그리고 나는 내 손을 거쳐 세상으로 나간 글이 어느 날

그런 이들의 눈에 얻어걸리길 간절하게 빌며 일한다. 그 분들이 가고 싶던 곳으로 발을 떼게 할 아주 작은 계기가 되어주길. 어느 월요일은 금요일보다도 씩씩한 걸음으로 사무실로 걸어 들어가기도 한다. 문화재를 쓰는 일, 나의 일이 기다리는 자리로.

달항아리에
실어 보낸 행복

「아침 행복이 똑똑」은 매주 월요일과 목요일 아침 7시에 국립중앙박물관 전시와 소장품을 메일로 소개하는 서비스이다. 제목 그대로 이른 아침에 전하는 이야기라, 250자 남짓한 짧은 글과 이미지 한 장만으로 꾸려 내보내는 단출한 조식 같은 콘텐츠다. 박물관 사람들은 '행똑'이나 '똑똑이'라고 부르는 이 서비스가 내가 박물관에서 맡은 주된 일이다.

박물관에 처음 들어왔을 땐 조선총독부박물관에서 인수한 일제강점기 사진 자료를 책과 홈페이지에 소개하는 일을 맡았다. 뉴스나 책에서 우리 궁궐이나 유적지의 옛 모습을 소개할 때 자주 등장하는 흑백사진들이다. 젤라

틴을 입힌 유리 건판 필름으로 촬영한 이 자료들은 거의 20년에 걸쳐 정리되어 지금은 박물관 소장품으로도 등록되었고, 인터넷에 공개되어 누구나 볼 수 있다.

부서에서 만드는 도록이나 보고서에 실릴 글을 교정하고 문장을 다듬는 일도 자주 했다. 내가 그 일을 더 즐겁게 하는 모습이 사람들 눈에도 보였던 것 같다. 매주 박물관 소장품을 소개하는 「행복배달부」라는 서비스가 생겼을 때, 원고를 편집하는 업무가 내게 넘어왔다. 그때만 해도 몰랐다. 이게 내가 가장 아끼고 좋아하는 일이 되리란 걸. 3년 전 신설된 팀으로 옮겨 가면서 이 일을 가지고 갈 수 있었던 게 얼마나 다행인지 모른다. 이 팀에서 만난 큐레이터들이 「행복배달부」를 '똑똑이' 서비스로 리뉴얼하면서, 이 일을 하는 나도 지금의 내가 되었기 때문이다.

「행복배달부」 시절에 원고가 펑크 나서, 급하게 내가 글을 써서 메꾼 적이 있다. 그런데 그날 오후 내선 전화가 한 통 걸려 왔다. 다른 부서의 연구관님이셨다.

"오늘 나온 글, 필자가 누구인가요? 박물관 사람들이 쓰는 글에 없던 톤이라 궁금해서요."

〈백자 달항아리〉,
조선 18세기,
국립중앙박물관

한쪽 어깨가 조금 느슨하게
내려앉은 불완전함이 오히려
달항아리의 모양에 부드러운
여유를 더해준다.

하루 덜 찬 보름달

달덩이처럼 둥그런 모양을 지닌 백자 달항아리, 자세히 들여다보면 완벽한 구형球形은 아니랍니다. 가마에서 구워지며 한쪽 어깨가 조금 느슨하게 내려앉았어요. 그러나 이 불완전함이 오히려 달항아리의 모양에 부드러운 여유를 더해줍니다. 우리 모두 알지요. 조금 모자랄 때 오히려 고요하고, 그래서 비로소 원만한 사람의 마음을요.

정월대보름이 하루 앞입니다. 꽉 찬 보름달을 보면 빌고 싶은 소망들이 먼저 떠오르지요. 그러니 오늘 집으로 돌아가는 길에 저녁 하늘을 한번 올려다보시겠어요? 이 달항아리처럼 하루 덜 찬 보름달을 바라볼 때면, 아무 바람 없는 마음에 곱고 포근한 아름다움이 가득 깃든답니다.

지금의 '똑똑이'는 외부 필자와 내부 필자 비중이 7대 3에 가깝지만, 「행복배달부」 시절에는 거의 모든 원고를 박물관의 큐레이터들이 썼다. 그분들이 쓴 글을 흉내 내지는 않더라도 꽤 차분한 분위기로 썼는데, 큐레이터들이 쓴 글과 그렇게 차이가 났나 뜨끔했다. 조심스럽게 내가 썼다고 대답했다.

"그랬구나. 전 오늘 글 좋았어요."

좋았어요, 라는 말이 실린 그 목소리도 밝고 따뜻해서 나는 겨우 안도했다. 얼마 후 다시 내 글을 싣게 되었다. 이번에는 전화가 오지 않았다.

비 냄새 맡고 깨어나는 것들

겨우내 잠들어 있던 만물들이 봄기운에 깨어나는 시기입니다. 조선 후기에 만들어진 이 두꺼비 연적은 생김새가 독특하지요. 앞에는 구리 안료를 진하게, 뒤에는 청화 안료를 옅게 칠해놓았습니다. 그래서 마치 불그스름한 진흙을 뒤집어쓴 것처럼 보입니다. 봄비가 오는 기척에 막 잠에서 일어나 불쑥 푹신한 땅 위로 고개를 내밀고 눈을 껌벅이고 있는 두꺼비 같아요. 그래서 저는 이 두꺼비 연적을 볼 적마다 경칩이 떠오릅니다. 그만 자고 기지개를 켜야 할 것들, 흔들어 깨울 것들도 생각해봅니다.

그런데 점심시간에 구내식당에서 마주친 그 선생님이

이 두꺼비 연적을 볼 적마다

경칩이 떠오른다.

그만 자고 기지개를 켜야 할 것들,

흔들어 깨울 것들도.

물었다.

"오늘 것도 혹시 신지은 씨 글 아니었나요?"

'이름이 쓰여 있는 것도 아닌데, 이분은 어떻게 매번 알아보시는 거지?'

멈칫거리는 내게 그분이 웃으며 말씀하셨다.

"오늘 글도 좋았어요. 그래서 혹시 만나면 물어봐야지, 했어요."

마음이 두근거렸다.

사실 그때 나는 글을 잘 쓰지 못하는 어려움을 겪고 있었다. 아무리 노력해도 A4 한 장 이상의 글을 쓰기가 힘들었다. 문장은 쓸 수 있었지만, 문단을 엮을 수 없었다.

어릴 때부터 글쓰기가 어려웠던 적이 없었고, 읽기에는 문제가 없었기 때문에 내게 생긴 변화를 대수롭지 않게 생각했다. 하지만 이럴 때도 있는 거겠지, 했던 문제가 해를 거듭 넘겨도 해결되지 않았다. 어느새 글쓰기를 거리낄 정도가 되었다. 하지만 다른 사람에게 말해본 적은 없었다. 업무 메일을 쓰거나 문자메시지를 주고받는 것은 괜찮았고, 앞으로 분량이 몇 장씩 되는 글을 쓸 일이 없을 것이라고 생각하면 마음도 조금 편해졌다.

누군가에게 내가 쓴 글이라는 걸 밝히는 경험을 연달아 한 뒤, 나는 며칠 동안 고민에 빠졌다. 「행복배달부」에 실을 글은 어떻게 쓸 수 있었는지 몰라서였다. 일이라서? 급해서? 250자짜리 짧은 글이라서? 어쩌면 원래 좋아하던 유물에 대한 것이라, 마음속에 이미 쓰고 싶은 이야기가 있었는지도 모른다는 생각이 들었다. 내게 쓰고 싶은 것이 남아 있었구나.

사실 고민이 괴로웠다기보다는 글을 쓰는 일로 마음이 뛴 게 너무 오랜만이어서 붕붕 떠다닌 것이었다. 알아봐주는 사람이 내게 주는 마음이었을지도 모른다. 본격적으로 글을 쓰기 시작하게 된 건 그로부터도 시간이 더 지난 뒤였지만, 그건 그 자체로 내게 특별한 경험이었다. 일에서 재생되는 감각을 느낀 것은 처음이었기 때문이다.

그 이전까지는 무언가를 열심히 하면 나 자신이 마모된다고 느꼈다. 사람은 자기 직업의 모양대로 닮는다는 김훈 수필의 한 구절처럼, 일이 재미있어서 열심히 할 때도 몸과 정신과 마음 어느 한쪽은 그만큼 정직하게 소모되곤 했다. 그래서 이미 소모된 부분이 일 덕분에 채워지는 것을 경험하며 나는 비로소 어떻게 사람들이 오랫동안 일을 할 수 있는가를 깨달았다. 박물관에서 일한 지 3년이 지났을 때였다.

그 뒤로 다시 3년이 흘렀다. 나는 가만히 앉아 있다가 불쑥 "선생님, 저희 다음 달에 이런 거 해볼까요?" 하며 상사들을 귀찮게 한다. 내가 제안한 안이 컨펌을 받으면 신이 나서 필자를 섭외하고, 원고를 받고, 윤문과 교정을 거치며 편집하고 구독자들에게 메일로 보낸다.

한 편의 글이 나간 뒤에도 일은 이어진다. 원고료 지급 서류도 만들고, 인터뷰에 응해준 어린이나 투고 이벤트에 당첨된 필자들에게 증정할 굿즈도 제작한다. 굿즈를 택배로 보내는 것도 내 몫의 일이다. 원고를 수합해서 다듬기만 하면 되던 시절에 비하면 엄청나게 일이 커진 셈이다. 하지만 글을 통해 박물관 이야기를 사람들에게 전하는 일은 여전히 매력적이다. 그래서 이 짧막한 글 하나에 딸려오는 수선스런 일들까지 쓱쓱 매만지며 나아갈 수 있다.

가끔은 다짐을 하듯 내게 말한다. 지금 하는 일은 언젠가 내게서 사라진다고. 그러니까 '내 일'이 아닌 '내가 하고 있는 일'로 생각해야 한다고. 그러면서도 생각한다. 나는 이 일을 더 하고 싶다. 빛이 드는 방향으로 쭈욱 고개를 빼드는 해바라기나 나팔꽃처럼, 나는 고개가 돌아갈 만한 흥미로운 일을 발견할 때 홀린 듯이 그쪽을 향해 성장하는 사람인지도 모른다.

그런 생각에 잠겨 잠시 멍하니 복도의 창밖을 바라볼 때, 저편에서 연구관님이 맑은 목소리로 인사를 건네 오시곤 한다.

"'똑똑이', 오늘 거 너무 좋았어."

오늘 글도 좋았어요, 라고 알아봐주던 바로 그 목소리로.

작고 지혜로운
인터뷰이들

메일링 서비스 '똑똑이'에서 가장 인기가 좋은 코너는 월초에 나가는 어린이 인터뷰이다. 국립중앙박물관 그림 대회에서 상을 받은 초등학생들의 작품과 이야기를 소개한다. 박물관에 와서 직접 문화재를 보며 자유롭게 그림을 그리는 '그리기 잔치'는 1년에 한 번씩 열리며 거의 50회를 채워가는 유서 깊은 대회이다. 그리기 잔치 첫 회에 참여한 '국민학생'들 중에는 이미 정년퇴직한 이들도 있다는 뜻이다.

이 코너는 팬데믹이 시작될 무렵 기획되어, 어린이 인터뷰는 3년째 전화로 진행해왔다. 원래는 그림만 실으려던 것을, 내가 하겠다고 우겨서 인터뷰도 하게 된 거였지만 막상 시작하고 보니 앞이 캄캄했다. 어린이와 어떻게 이야기하지? 진짜 어른은 아직도 되어가는 중이지만 어린 시절이 지나간 지는 또 너무 오래된 나는, 어린이를 대하는 일에 익숙지 않았던 것이다. 내 딴엔 무난하다고 생각하고 준비한 질문인데도 어린이들은 대답하지 못하고 입을 다물어버리기도 했다.

예를 들자면 이런 것. 상 받아서 기분이 좋았겠다고 건네오는 말은 어른이라면 대꾸하기 어려울 게 없다. 솔직하게 기분 좋았다고 할 수도 있고, 다른 사람들이 훨씬 잘했다며 슬쩍 겸손을 떨 수도 있다. 앞으로 어떤 노력을 할 생각인지 진지한 이야기를 이어갈 수도 있다.

그러나 현실에선 나름대로 아이스 브레이킹 삼아 던진 이 질문에 오히려 얼어붙은 듯 입을 꾹 다무는 어린이들이 더 많았다.

"아휴, 선생님. 전화라 안 보이시겠지만 사실 얘가요, 지금 좋아가지고 입을 가리고 웃느라고 대답을……"

옆에서 지켜보고 있던 어른이 거들어주지 않았다면 나는 도대체 왜 그 질문이 아이들을 침묵에 빠뜨리는지 영영 모른 채 축하 인사를 인터뷰 금기로 삼게 되었을지도 모른다.

그러고 보니 나도 어릴 때는 낯을 가려서 처음 보는 어른들이 칭찬을 하면 어떻게 반응해야 할지 몰라 주뼛주뼛 얼어붙곤 했다. 하지만 그 순간들이 지금도 기억나는 건, 나 역시 마음속으론 기뻤기 때문이 아닐까.

가끔 몇몇 어린이들은 "무척 신났다"고 씩씩하게 대답하기도 하지만, 그 질문을 무사히 통과했다고 해서 다른 질문에도 선선히 대답해주리라는 보장은 없다. 슬프게도 어린이들을 잘 헤아리지 못하는 나는 그런 반응 하나하나로 이 인터뷰가 수월하게 흘러갈지 아닐지 예견할 수 없는 것이다. 그래서 어린이가 답하기까지 충분히 기다리되, 답하기 어렵거나 대답하기 망설이는 질문은 재촉하지 않고 그대로 흘려보내기도 하며 조금씩 더 쉬운 질문을 찾아간다.

그럴 때 "얘가 이제 열 살인데도 너무 부끄럼이 많아요. 집에선 수다쟁이인데, 인터뷰가 잘 될지 모르겠어요" "왜, 그거 있잖아. 어제 연습했던 그거 얘기해봐" 하는 걱정스런 목소리가 들려오기도 한다. 보호자들은 대부분 어린이가 말을 잘 못한다고 걱정한다. 그래서 인터뷰 요청을 할 때 미리 이메일로 예상 질문을 보내달라고 하기도 하고, 스피커폰을 켜놓고 아이가 대답을 잘하는지 지켜보기도 한다.

"어린이가 직접 전화를 받게 도와주실 수 있을까요?"

보호자들이 스피커폰을 켜두는 것은 참견보다는 진행을 걱정하는 마음이라, 꺼달라고 부탁하기란 무척 조심스럽다. 그래도 나는 최대한 정중하게 어린이와 일대일로 대화를 진행하고 싶다는 뜻을 전한다. 이 인터뷰의 주인공에게 마이크를 온전히 넘겨주는 순간 일어나는 작은 마법을 경험하게 된 뒤부터다.

어느 늦여름, 어떤 질문을 해도 몇 박자 늦은 '네'로만 일관하던 한 어린이가 있었다. 겨우 이어가던 대화 끝에 그 친구가 전화를 귀에 가까이 대고 나서는 "죄송한데요, 과일요" 하고 입을 열었다. 분위기를 풀어보려고 제일 좋아하는 과일을 물어보았는데, 긴 침묵이 돌아왔었다.

"지금 생각났는데 말해도 돼요?"

"그럼요."

그러자 어린이는 "청포도를 제일 좋아하지만, 올해 최고로 맛있게 먹은 과일은 복숭아"라는 이야기를 신나게 들려주었다. 그 이유를 물었더니 단호한 대답이 돌아왔다.

"딱복(딱딱한 복숭아)이 흔치가 않아서요."

"그렇군요. 아까는 고민이 됐어요?"

"아직은 청포도가 더 좋은 거 같기도 해서 대답하기 조금 어려웠어요."

등잔 밑이 어둡다. 보호자들이 가장 모른다. 잘하고 있는지 실수하고 있진 않은지 매 순간 확인하지 않아도, 아이들이 얼마나 말을 잘하는지.

존댓말로 답하며 경청해주는 사람들 앞에서 어린이들은 지금 그들의 삶에서 중요한 이슈가 무엇인지 진지하게 들려주곤 한다. 어린이들이 들려주는 이야기들을 듣고 나면 심장이 갓 쪄낸 인절미처럼 뜨겁고 말랑말랑해진 기분이 든다.

　　　작은 공리주의자의
　　　숲

어린이들이 진지하게 고민하는 주제는 매일 어른들의

삶을 괴롭히는 것들과 본질이 다르지 않다는 것을 자주 느낀다. 하기 싫지만 해야 하는 것을 마주하는 일, 더 하고 싶지만 그만 두고 돌아서는 일.

올봄에 인터뷰로 만난 가은이는 자기소개를 마치자마자 "올해 처음으로 반장이 됐어요" 하고 덧붙였다. 반장이 되어보니 어떠냐고 묻자, '후유' 하고 한숨 소리가 들렸다.

"매일매일이 고민의 연속이에요. 쉬운 게 없어요."

요즈음 초등학교 반장은 뭘 하는지 모르니, 무엇이 그리 고민인지 가은이에게 물을 수밖에 없다.

"요즘 학교 끝나고 친구들이랑 놀이터에 가거든요. 근데 같이 노는 애들이 점점 많아져서 날마다 뭐 하고 놀지 미리 정해야 하거든요. 쉬는 시간마다 의견을 모아야 해요."

그러나 그 고민으로 단련된 덕택에, 이제는 최대 열다섯 명까지도 함께 노는 것이 가능하다는 말을 덧붙인다. MBTI 유형으로 따지면 천생 외향형이구나. 방과후 놀이를 아침부터 고심해야 하는 나날이 은근히 부러우면서도, 가장 힘든 점이 무엇인지가 궁금해진다.

"제가 하고 싶은 건 못 할 때가 더 많은 게 힘들어요."

"가은이는 어떤 걸 하고 싶어요?"

"얼음땡요. 저는 그게 제일 재미있거든요? 근데 요즘은 열 명 넘게 노니까 대부분은 술래잡기를 해요. 그게 여러 명이 할 수 있는 놀이라서요."

가은이의 말을 듣고 이렇게 생각했다.

'그러면 가끔은 더 친한 친구들하고 노는 날을 정하면 되지 않을까? 아직 어린이인데 반장이라고 자기 취향과 욕구를 매번 양보하는 건 가혹한 일이 아닌가?'

뭐 이런 어른이 다 있나 하고 실망할까 봐 그런 얄팍한 가늠은 말로 꺼내지 않고 이렇게만 대답했지만.

"그건 좀 아쉽겠어요. 더 재미있는 거 하고 싶을 텐데."

"근데 다 같이 놀 때는 몇 명만 재미있는 거보다 다 같이 재미있는 거를 하는 게 더 중요하니까요."

"음, 그렇네요."

어쩜 그런 기특한 생각을 하냐는 칭찬 대신 덤덤하게 긍정을 표현하기 위해, 이렇게 목소리를 가다듬어야 하는 순간이 있다. 어린이들의 세계에서 당연하게 여겨지는 규칙이 어른들에게는 놀라운 점이라는 걸 들키고 싶지 않아서이다.

〈청자 죽순모양 주전자〉,
고려,
국립중앙박물관

죽순모양을 본뜬 주전자는
다양하지만, 그중에서도
이 작품은 완벽한 모양과
아름다운 비색 유약이
최상의 조화를 보여주는
작품이다.

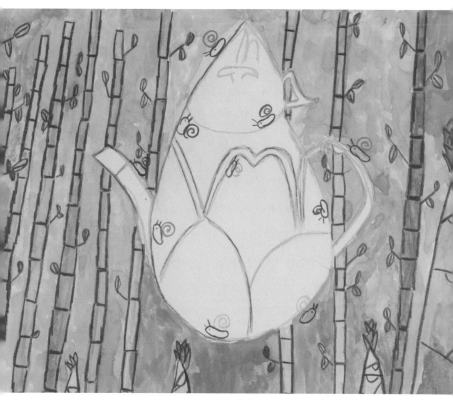

김가은,
〈청자 죽순모양 주전자〉

다 같이 재미있는 놀이를

하기 위해 자신을 양보하는

가은이의 그림 속 숲에서는

살아 있는 모두가 즐거워 보인다.

가은이와 친구들은 코로나 첫해 초등학교에 입학한 어린이들이었다. 이 어린이들은 3학년이 되고서야 드디어 친구들과 놀이터에서 뛰어놀 수 있게 된 것이었다. 아직 세상에 나온 지 10년도 되지 않은 어린이들에게 2년의 기다림이 얼마나 길고 간절한 것이었을지. 그리고 드디어 찾아온 기회를 공평하게 만끽하기 위해, 매일 아무도 모르게 양보를 결심하는 어린이가 전화 너머에서 웃었다.

이 작은 공리주의자는 죽순이 쑥쑥 자라나는 대나무 숲 속에 〈청자 죽순 모양 주전자〉가 놀러 온 모습을 그렸다. 그림을 그린 건 아직 반장이 되기 전이었지만, 그림 속 숲에서 살아 있는 모두가 즐거워 보였던 건 우연이 아니었을 것이다.

잘하는 것보다
다 하는 것

그리기 잔치에서 〈분청사기 조화 물고기무늬 편병〉을 그린 태원이가 작품 옆에 적어낸 설명은 단 한 줄이었다.

"제가 왜 이 그림을 그렸냐면, 이제 여름이니까 물고기
가 생각나서입니다."

사고의 흐름을 그대로 보이는 듯한 작품 설명이 재미있
어서 인터뷰를 신청했다.

"〈물고기무늬 편병〉을 보았을 때 어떤 게 생각났어요?"

"음, 물고기요."

"아, 물고기가 생각났군요."

"네."

이 단답의 시간을 견뎌야 한다. 우리가 새로운 공간에
발을 들이면 담담한 체하면서도 곁눈질로 주변을 둘러보
듯, 낯선 상황에 들어선 어린이가 적응하는 시간 같은 것
이다. 모르는 사람에게 자기 생각을 들려줄 용기를 내기
란 쉬운 일이 아니니까.

"그림을 다 그렸을 때 어떤 기분이 들었어요?"

"상은 못 받을 것 같았고 뿌듯했어요."

어? '상을 못 받을 것 같다'와 '뿌듯하다'가 한 문장에서
순접으로 이어질 수 있는 건가?

"왜요?"

"어쨌든 그리고 싶었던 건 다 그렸으니까요."

〈분청사기 조화 물고기무늬 편병〉,
조선,
국립중앙박물관

분청사기는 청자 위에 하얀

흙을 바른 자기로, 이 작품의

사기장은 배를 납작하게 두드리고,

물고기무늬를 음각으로 새겨

완성했다.

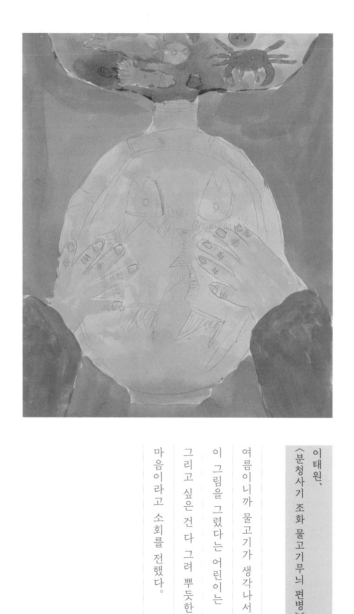

이태원,
〈분청사기 조화 물고기무늬 편병〉

여름이니까 물고기가 생각나서

이 그림을 그렸다는 어린이는

그리고 싶은 건 다 그려 뿌듯한

마음이라고 소회를 전했다.

아, 그리기 잔치에 정말로 그림을 그리러 왔었구나. 도전하면서 자신을 몰아세우지 않는 것, 잘하는 것보다 다 해보는 것. 그리고 결과가 아니라 과정에 만족하는 것. 그 당시 여름밤 모기처럼 나를 괴롭히던 문제들을 처음 만난 어린이가 톡, 하고 떨구어내준 듯한 기분이 들었다.

한 달에 한두 명, 전화로 잠시 만나는 어린이들에게서 배우는 지혜가 있다. 이 작고 지혜로운 인터뷰이들의 이야기를 전하는 것이 지금 내가 하는 일들 가운데 가장 설레는 임무이다. 단 이야기를 보듬는 손길에 너무 힘이 들어가지 않게 조심한다. 너무 다듬어 시들지 않도록.

기다려보면
좋은 것

깊은 초록색 배경에 민트 빛 고려청자를 그린 지윤이의 작품은 처음 보자마자 꼭 여름에 소개하고 싶었다. 박물관의 많고 많은 문화재들 중에서도 비색 고려청자를 고른 이유는 인터뷰를 진행하면서 알게 되었다.

"민트 초코칩 아이스크림 색깔과 비슷해서요."

아하, 지윤이는 '민초단'이구나. 왠지 번지수를 잘 찾아온 것 같은 예감이 들었다.

그런데 그리기 잔치에 참여했을 때, 정작 본인은 작품이 마음에 들지 않아서 낙담했었다는 이야기에 귀가 쫑긋섰다.

"사실은 그림을 다 그렸을 때 저는 망쳤다고 생각했어요. 배경의 초록색 부분이 너무 짙어서 마음에 안 들어서요. 그래서 상을 받게 됐다고 들었을 때 깜짝 놀랐어요.

그래도 상을 받았으니까 할아버지께 그림을 보여드렸는데요. 할아버지는 제가 잘못 칠한 부분이 포인트가 되어서 오히려 그림이 더 멋져진 것 같다고 하셨어요."

큰 상을 받고도 어쩐지 자기 성과에 미심쩍은 마음을 떨치지 못하는 순간을 왠지 이해할 것도 같았다. 또 스스로 확신을 하지 못하던 어린이가 마음 놓고 기쁨을 느끼게 만들어준 것은 요란한 말치레가 아니라, 한 어른이 다정한 눈길로 짚어내고 건넨 작은 칭찬 한마디였다는 것도. 다음 그리기 잔치에 참여할 어린이들에게 어떤 조언을 해주고 싶은지 물었을 때 이 열한 살 어린이는 이렇게

〈청자 상감 물가 풍경 매화
대나무 무늬 주전자〉.
고려,
국립중앙박물관

조롱박 모양 주전자,

가느다란 물부리와 손잡이가

넝쿨처럼 휘어져 아름답다.

여백을 강조한 간결한 그림처럼

나무와 새를 상감으로 새겨 넣었다.

백지윤,
〈청자 상감 물가 풍경 매화
대나무 무늬 주전자〉

이 그림을 그린 뒤 『자기가 볼 때는
망친 것같이 보여도, 일단은 좀
기다려보면 좋을 것 같다』고 말한
지윤이의 인터뷰는 두고두고
회자되었다.

대답했다.

"그러니까 자기가 볼 때는 망친 것같이 보여도, 일단은 좀 기다려보면 좋을 것 같아요. 다른 사람이 봤을 때는 좋을 수도 있으니까요."

이 인터뷰는 SNS에서 두고두고 회자되기도 했지만, 내가 지금 하고 있는 일을 다시 보게 한 계기이기도 했다. 막연한 '상 받은 어린이' 인터뷰가 아니라, 정말로 자기 생각과 느낌을 진지하게 들려주는 인터뷰이를 만나는 일이란 걸 깨닫게 되었기 때문이다.

그리고 '똑똑이'에 실리지는 않았지만, 사실 지윤이의 인터뷰에서는 또 다른 명언도 탄생했다. 가장 좋아하는 계절이 여름이라고 해서 이유를 물었더니, 웃으면서 이렇게 대답했다.

"여름이 제일 좋은 이유는, 음, 여름밤이 있어서요."

그 순간 주마등처럼 어릴 적의 여름 풍경들이 생각났다. 알록달록한 모기장을 쳐놓고 온 가족이 모여 자던 작은 거실, 피아노 학원 여름 캠프에 갔다가 숙소에서 혼자 뒤척이며 듣던 풀벌레 소리, TV에서 납량 특집을 보고 나면 무서워서 옆에 누운 언니 손끝을 꼭 잡고 눈을 감던 밤들. 그렇게 어릴 적의 섬세한 감각으로 기억에 새겼던 여름밤들이, 그날 처음 대화를 나눠보는 어린이의 한마디로 모두 되살아나는 것 같았다. 일하면서 그런 발견을 경험하는 것은 얼마나 고마운 일인지. 바람이 살랑살랑 불어오는 여름밤마다 나는 지윤이가 해준 이야기를 떠올리고 있다.

식물을 키우면서 알게 되었다. 풀과 나무들이 얼마나 바람을 좋아하는지. 초여름에 접어들며 습기를 가득 머금은 공기가 밀려들면, 식물들은 바람에 이파리를 부비며 묘하게 매운 냄새를 풍긴다. 풀 벤 자리에 풍기는 것과도 다른 그 향에서는 돌아온 여름을 열렬하게 반기는 그들의 기분이 느껴진다.

여름이 머무는 동안, 이 계절이 품은 모든 것들의 냄새가 짙어진다. 나무 내음도, 산책길에서 만나는 작은 동물들의 체취도, 박물관을 오갈 때 지나는 한강의 물비린내도. 그런데 그중에서도 오로지 사람 냄새만 싫어진다.

장마가 시작되면 그 심술궂은 마음은 더욱 커진다. 뜨

끈하고 축축한 바깥 공기를 쐬면 마치 모르는 사람의 콧
김이 닿는 것 같아 기절하도록 불쾌한 날도 있다. 그런 날
의 아침이면 박물관 마당을 가로질러 출근하는 10분 사이
기운이 쭉 빠져버린다. 목덜미와 팔꿈치 안쪽에 땀이 났
다가 서서히 마르는 감각을 견디며 오전을 보낸다. 공공
기관 냉방 규정상 사무실은 실내 온도를 28도 이상으로
유지해야 하기 때문이다.

여름을 따스하게 보내는 통에, 옷장에는 몇 년째 여름
용 카디건이 한 벌도 없게 되었다. 피부에 달라붙지 않는
얇은 소재로 된 카디건은 한두 해마다 꾸준히 새것을 한
장씩 보충해야 하는 여름 필수 아이템이었다. 하지만 집
과 회사만 오가는 한, 이젠 도무지 카디건을 입을 일이
없다.

이런 이야기를 친구들에게 들려주면 다들 고개를 갸웃
거린다.

"여름에 박물관 가보면 엄청 시원하던데?"

특히 여름방학 철이 되면 박물관으로 피서를 오는 사람
들이 있을 정도이니, 퇴근하고 만나는 친구들은 땀에 전
내 모습을 보고 흠칫흠칫 놀랄 수밖에. 박물관에선 문화

재와 관람객이 갑이니까. 갑이 계신 곳은 시원해야지.

에어컨을 틀 정도는 아니지만, 오전 내내 사무실에 차오르는 열기와 싸워야 하는 날은, 점심을 서둘러 먹고 훌쩍 전시실에 다녀온다. 갑님들 속에 섞여 시원한 공기를 누려볼 심산인 것이다. 상설전시관으로 통하는 무거운 문을 철컥 열고 나서면 산뜻한 냉기가 이마와 팔등, 발목을 감싼다.

상설전시관에서 에스컬레이터를 타고 위로 또 위로 올라가면 3층. 한 층씩 올라갈수록 덜 붐비는 특성상, 한숨 돌리는 짧은 휴식을 취하기엔 3층 세계문화관이 제격이다. 올여름에는 중국과 일본, 인도와 동남아시아, 중앙아시아의 문화재들이 모인 세계문화관 방들을 들락거리다가 중국실에 자리를 잡았다.

그중에서도 남송 시대 화가 마원馬遠의 화풍을 따라 그린 여름 산수도 하나는 성마른 마음을 착 가라앉혀주는 그림이다. 칼로 썩썩 베어낸 듯 날카로운 바위산 아래, 소나무 그늘에 걸터앉은 선비가 백로들이 오가는 얕은 물을 바라보고 있다. 무릎에 얹은 검은 고금古琴을 타던 손을

전傳 마원馬遠,
〈사계산수도四季山水圖〉 중
〈하경夏景〉,
국립중앙박물관

안개에 잠겨든 여름 정취를
즐기는 선비와 시동이 담겨
있다. 뒤에서 지켜보던 시동이
차 한잔 내어가기 좋은 타이밍
아닐까.

잠시 멈추고 고개를 든 이유는, 아마 지금 막 새 한 마리가 소나무 우듬지를 박차고 날아오른 기척을 느껴서인지 모른다. 차 한 잔을 내어가기 좋은 타이밍, 뒤에서 지켜보던 시동이 재빨리 차를 젓는다. 안개가 서린 여름날이라 차 향기가 벌써 저 앞까지 퍼졌을까. 돌아보지 않았지만 선비의 얼굴에는 벌써 선선한 기쁨이 퍼져가고 있을 것만 같다.

이 그림을 보면 떠오르는 또 다른 여름 그림이 있다. 작은 거룻배에 엎드려 낮잠 자는 아이를 그린 〈주상오수도舟上吾睡圖〉는 덥고 피로한 오후에 잠시만 책상 앞에 엎드려 눈 붙이고 싶은 기분을 슬며시 어루만져주는 그림이다. 잠시 보는 눈이 없는 틈에 휙 엎드려본 것일까. 발소리가 들리면 언제든 벌떡 일어나 앉으려는 듯, 가지런히 모은 다리에 슬쩍 긴장이 남아 있다. 이 그림에서 내가 좋아하는 부분은 휙 불어온 바람에 시원스레 뒤흔들리는 갈댓잎들이다. 잘생긴 이마에 저 바람을 맞고서, 이다음 순간 배 위의 아이도 반짝 눈을 뜰 것이다.

전傳 미우인米友仁、
〈주상오수도舟上午睡圖〉、
국립중앙박물관

안개 낀 강가, 작은 배 위에
올라 깜박 잠이 든 아이의 모습.
발소리가 들리면 언제든 벌떡
일어나 앉으려는 듯, 다리에
슬쩍 긴장이 남았다.

이렇게 그림 속 여름 바람에 마음을 식히고 사무실로 돌아올 때는 다시 이 여름 뒤의 계절을 상상하게 된다. 가을이 오겠지. 정원도 산책하고, 커다란 거울못이 훤히 보이는 청자정과 벤치에 앉아도 볼 계절이 돌아오겠지. 나도 낮잠을 푹 자고 일어난 것처럼 개운해진다.

"혹시 우리 조각 있나?"

"제가 조각인데요."

한낮의 사무실, 갑자기 조각처럼 아름다운 사람을 찾을 일은 없다(그날 제일 멋있게 갖춰 입고 온 사람이 갑자기 홍보 사진 촬영에 동원되어 뒷모습을 남기는 일은 더러 있다).

이 여덟 글자의 뜻은 다음과 같다. '혹시 우리 부서 연구원 중에 미술사학과에서 불교조각을 전공한 사람이 있으면 지금 당장 손을 들어주세요, 급하게 맡길 일이 있으니까.'

아주 급할 때는 질문이 더 짧아지기도 한다.

"여기 백제?"

고고학이나 역사학을 전공하고 삼국시대 중 백제를 주제로 논문 쓴 사람을 찾는다는 뜻이다. 가끔 "회화 없지?" 같은 기출 변형도 있다. 없는 건 알지만, 있으면 좋겠다는 뜻이다.

국립중앙박물관 학예실에는 미술사나 고고학 분야뿐만 아니라 역사학과 보존과학, 박물관학 등 다양한 분야의 연구자들이 있다. 내가 연구원으로 처음 일하게 되었을 때도 한 사무실 안의 사람들은 전공이 고고학, 역사학, 미술사학, 박물관학 등 골고루였다. 그리고 우리는 모두 다른 한국어를 쓰는 사람들이었다.

내가 속한 팀에서는 사수와 팀 동료들 모두 고고학 전공자였다. 첫해 사업을 하나 맡아 보고서를 만드는데 책에 실릴 고고학 논문들을 읽어보고는 같은 한국어인데도 이렇게 다를 수가 있나 눈이 휘둥그레졌다.

커다란 도마 위에서 수없이 늘이고 치대길 반복한 끝에 나온 손국수 같은 정직한 문장들. 무얼 보태지도 않고 빼지도 않고 한 덩어리를 집요하게 반죽하는 동안에, 글루텐처럼 쫀쫀한 논리로 정렬된 이야기가 이런 간결한 문장으로 정리되는 듯했다. '그 유물이 그 유적에, 그 유적이

그곳에 있었다.'

반면 미술사는 아름다움의 시간과 영역을 쫓아간다. 고려시대 옷감에 그려진 꽃무늬 하나를 찾아내기 위해, 한 편의 글 안에서 축지법 쓰듯 고대 아시리아와 중국으로 건너갔다가 금세 한반도로 돌아오기도 한다. 아름다워진 까닭, 아름답지 않게 된 까닭 사이에서 매듭을 찾아내는 '미술사다운' 언어에 머물러 있던 내게 이 고고학자들의 언어는 무척 무겁고 낯설게 느껴졌다.

그해 겨울, 우리 팀은 백제시대 성곽이 남은 산길에 있었다. 발을 다치고 깁스를 푼 지 얼마 안 됐을 때라 나는 답삿길 초입에 남게 됐다.

"지은 씨는 짐 지켜요. 제일 중요한 역할입니다."

사수는 상냥하게 이야기했지만, 누가 보아도 짐이 짐을 보관하는 모양이었다. 그리고 그들은 사라졌다. 한 시간 지나도 안 오면 119에 신고해달라는 농담을 남기고, 길도 나 있지 않은 덤불 사이로. 눈 쌓인 산을 올려다보며 생각했다. 산토끼도 다람쥐도 겨울잠을 자느라 안 나오는데, 왜 인간은 하필 이 추운 겨울에 산엘 오는가(정답은 뱀도 겨울잠을 자서 안 나오기 때문에 사계절 중 가장 안전하기 때문입니다).

그날 오후, 팀원들이 촬영해 온 사진 파일에는 눈과 낙엽을 헤치고 찍은 고대 산성의 흔적들이 담겨 있었다. 이렇게 말하면 꽤 멋있는 일을 한 것 같다. 하지만 옆에서 가르쳐주지 않으면 고고학 까막눈에겐 글쎄. 당최 이게 뭔지.

"언니, 이게 이 도면에서 어떤 부분인지 알겠어요?"

장난스레 물어보는 동료의 말에 나는 겸허하지만 완강하게 고개를 가로저었다. 이럴 때 자칫 알고 싶다는 것처럼 보이면 큰일이다. 이들은 내가 원한다면 밤을 새워서라도 삼국의 성곽 특징들을 알려줄 각오가 된 친절한 고고덕…… 아니, 고고학자들이니까.

"미안. 제 눈엔 다 비슷해 보여요."

출장길까지 싸들고 온 보고서 교정지를 나눠 보던 팀원들이 일제히 웃음을 터뜨렸다. 다른 전공 밭에 떨어진 연구자의 말로는 대개 이런 법이다.

하지만 이 짓궂은 사람들이 신발 끈을 단단히 여미고, 등산로도 없는 산 중턱을 질러가던 뒷모습은 왠지 인상에 깊이 남았다. 그날 밤 동료들과 졸린 눈을 비비며 고고학 논문 교정지를 다시 읽으며 생각했다. 과연, 그것이 거기 있었군.

　내게 가장 멀고 어렵게 느껴지는 것은 보존과학자들의 글이다. 글에서 가장 중요한 정보는 원소기호와 숫자, 혹은 이것들이 들어 있는 표, 아니면 그 표를 옮긴 그래프에 들어 있다. 미술사 논문에서는 도표를 넣더라도 그 내용이나 해석을 문장으로도 서술한다. 텍스트 자체로서의 완성도나 완결성이 중요하다. 이에 비해 보존과학자들은 표나 그래프로 시각화한 자료를 다시 글로 풀지 않는다. 그러니 표나 그래프를 칸칸이 차근차근 읽어나가지 않으면 결론을 쫓아가기 힘들다. 처음 보존과학 논문의 교정을 맡았을 때는 영화 한 편을 8배속으로 재생한 것처럼, 흐름의 얼개를 놓쳐 우왕좌왕했었다. 형광펜을 들고 한참을 쫓아가보고야 생각했다. 미술사학자들이 보존과학자들처럼 논문을 쓴다면, 이 지구의 소중한 나무들을 엄청나게 많이 살릴 수 있지 않을까 하고.

'똑똑이'에는 고고학자와 미술사학자, 역사학자와 보존과학자, 교육학자와 박물관학자 들이 모두 필자로 참여한다. 그래서 원고를 받고 나면 나는 학문적인 애프터서비스를 받게 되기도 한다.

"선생님, 원소기호만 써주신 부분요. 그 원소들이 어떻게 작용해서 비단벌레 껍질이 무지개 색으로 보이게 되는 건가요?"

"선생님, 여기 임금이랑 편지를 주고받은 신하가 누구의 몇 대 후손인 것이 이 사건에서 어떤 의미가 있나요?"

"선생님, 글 250자 중에 유적 이름이 절반이에요. 제일 대표적인 것 하나만 골라주세요."

"선생님……."

아, 학교 다닐 때 이렇게 질문을 열심히 했으면 좋았을 텐데(그때는 질문 없냐고 하면 미소를 지으며 눈동자를 굴리는 학생이었다). 하지만 어쩔 수 없다. 박물관에는 단 하나의 표준어가 존재한다. 그건 바로 고고학도 역사학도 미술사학도 보존과학도 교육학도 그리고 박물관학을 몰라도 이해할 수 있는, '보통 사람들의 말'이다.

다시 매화를 보러 오신다면

　국립중앙박물관에서는 쉬지 않고 새로운 전시들이 열린다. 기획전시실이나 특별전시실에서 열리는 유료 전시 외에도, 요즈음은 상설전시 안에도 주제가 있는 작은 전시들이 들어가 있다. 틈나는 대로 자주 전시실에 건너가지만, 가끔은 '저기는 다음에 볼까' 하고 미뤘다가 그대로 놓쳐버리는 작품들도 종종 있다.

　박물관 밖 정원에서도 크고 작은 특별전은 계속된다. 매화, 진달래, 벚꽃, 살구꽃, 목련, 모란, 작약, 연꽃, 배롱나무 같은 계절별 올스타들부터 미선나무, 야광나무, 물싸리, 붓꽃처럼 풍경에 색조를 더하는 꽃들이 가쁜 호흡으로 나타났다 사라진다. 그래서 오랜만에 박물관 정원에 나가면 『이상한 나라의 앨리스』에 나오는 회중시계를 든 토끼처럼 마음과 걸음이 급해진다.

'똑똑이' 안에서 박물관 소장품과 정원 속 계절을 엮어 전하는 「이달의 정원」 코너도 그렇게 스쳐가는 박물관의 자연 풍경이 아까워서 기획하게 되었다. 화가와 일러스트레이터, 만화가 등 다양한 작가들의 그림과 글에 정원이나 식물을 바라보는 시선을 함께 담아낸다.

이 코너는 지난해 관리과 조경팀 선생님들의 도움으로 탄생했다. 특히 1년에 걸쳐 정원을 조사해서 만든 「박물관 꽃 지도」는 다달이 박물관 정원 곳곳에 피는 꽃들의 이름과 사진, 식재 위치를 표시해놓은 귀중한 자료이다. 조경팀이 내어주신 이 자료를 2년 동안 들여다보다 보니, 어느 순간 처음 본 꽃인데 자연스레 이름과 생태가 같이 떠오르게 되었다. 저건 자귀나무꽃이로구나, 자귀나무꽃이 피었으니 옥잠화도 곧 보이겠구나, 하는 식으로.

처음 이 코너를 만들었을 때, 마음속에서 막연히 식물과 작품들을 짝지어둔 적이 있었다. 이 꽃은 어느 작품과 함께 소개할 수 있으면 좋겠다, 하는 바람 가운데엔 거울못 옆 매실나무들과 19세기 화가인 고람古藍 전기田琦,

1825~1854의 〈매화초옥도梅花草屋圖〉가 있었다. 그래서 지난겨울 서화실에 〈매화초옥도〉가 걸린다는 소식을 보고, 눈을 꼭 감았다. 매화들이 온다! 매화도 오고 전기도 온다! 올해 「이달의 정원」은 매화로 시작하기로 하고, 〈매화초옥도〉를 재해석한 그림과 글도 의뢰했다. 속세를 떠나 산에서 매화를 키우며 살았다는 송나라 시인 임포의 이야기는 조선 말기에 많이 그려진 주제이지만, 그중에서도 전기의 그림은 산을 뒤덮을 듯한 기세로 피어난 매화의 자태가 환상적이라 좋아한다. 산속의 작은 집에서 매화를 바라보는 친구를 만나러 거문고를 메고 다리를 건너오는 사람이 그려져 있어, 그림책처럼 두 사람이 만난 다음 장면을 상상하게 되는 것도 즐겁다.

그런데 생각지 못한 문제가 있었다. 올해 유난히 봄꽃들 개화가 예년보다 많이 늦어진 것이다. 재작년과 작년엔 2월부터 매실나무에 꽃망울이 맺기 시작했는데, 3월이 다 되어도 꽃망울이 좀처럼 토실토실 차오르질 않았다. 매화가 개화되는 시기에 꼭 맞춰 서비스를 하고 싶은 의욕에 끌려, 나는 원고가 나가는 날짜를 계속 늦추었다.

박물관 정원에 드디어 매화가 핀 것을 발견하고 그 회

전기, 〈매화초옥도梅花草屋圖〉, 조선 19세기, 국립중앙박물관

온 산을 뒤덮을 듯 만개한 매화를 하염없이 바라보는 사람. 그를 만나러 거문고를 메고 다리를 건너가는 인물의 모습이 마치 찾아오는 봄의 얼굴 같기도 하다.

차를 메일링 서비스 했다. 온 산을 뒤덮은 풍경을 환상적인 붓 터치로 표현한 일러스트도 무척 반응이 좋았다. 그런데 다음 날 오후 사무실로 전화 한 통이 걸려 왔다.

"안내데스크입니다. 이번 주 「아침 행복이 똑똑」 보시고 〈매화초옥도〉를 보러 오신 관람객이 계신데요."

정말로 작품과 매화를 함께 보러 와주신 분이 있었다.

"그런데 지금 서화실엔 그 작품이 없어요. 며칠 전에 교체됐거든요."

심장이 쿵 떨어지는 것 같았다. 매화 피길 기다리는 사이에 서화실 전시가 교체되었다는 걸 깜박 잊고 말았다. 아직 쌀쌀한 날씨에 좋아하는 작품과 매화를 함께 만나러 나온 나들이가 헛걸음이 되었을 것을 생각하니 면목이 없었다. 그렇게 반가웠던 매화가 질 때까지, 매실나무를 지날 때마다 얼굴을 모르는 그 독자분을 생각했다.

어릴 땐 실수를 하면 부끄러웠는데, 이제는 실수를 하면 그걸 돌이킬 수 없다는 것을 잘 알기에 그저 막막하다. 그러나 같은 실수를 하지 않는 것 말고는 방법이 없다. '똑똑이' 원고가 나가기 전날 몇 번씩, 작품의 전시 유무를 확인하게 된 건 그 후부터다.

패딩을 뒤집어 쓴
나한상

전시 부서에 소속된 것도 아닌데, 기회가 닿아 이런저런 전시 준비에 참여해보았다. 마지막으로 참여한 전시는 '당신의 마음을 닮은 얼굴'이라는 부제로 열린 〈창령사터 오백나한〉전이었다. 2001년에 강원도 영월 창령사터에서 발굴된 〈오백나한상〉 90여 점을 한국 현대미술 작품과 함께 보여주는 전시였다.

'나한羅漢'은 불교에서 수행으로 깨달음을 얻은 존재들인 아라한阿羅漢의 준말이다. 석가모니의 제자들 중 오백 명이 나한이 되어 '오백나한'으로 불리는데, 신성한 기운이 가득한 부처나 보살과는 달리 이들은 인간적인 개성이 함께 드러난 모습이다. 〈창령사터 오백나한상〉은 다소 투

박하면서도 온화하고 귀여운 인상으로 유명하다.

창령사터에서 나온 나한상들은 거칠거칠한 화강암에 조각했는데도 얼굴에는 보드라운 미소가 물결친다. 이마의 주름, 눈과 콧망울, 입가에 다 너그러운 웃음이 어려 있다. 또 하나의 특징은 두건이나 옷(가사)을 뒤집어쓴 모습이 많다는 것이다. 동서양을 막론하고 수도하는 사람들이 가장 먼저 포기하는 것이 머리카락 단장이어서일까. 낙낙한 가사를 획 둘러쓰고 웃고 있는 나한상의 모습에 시험기간 내내 모자에 후드티셔츠를 입고 다니는 학생을 떠올리게도 된다.

사실 전시를 지원하더라도 내 일은 언제나처럼 도록 교정을 보고, 개막식 진행을 돕는 정도일 줄 알았다. 그러나 막상 뚜껑을 열자 내가 겪어본 어떤 전시보다 준비할 일이 많아, 온 부서 사람들이 설치 작업에 동원되었다.

나한상 32점이 들어가기로 한 1부 전시실의 설치 작업은, 우선 전시실 바닥을 오래된 벽돌로 채우는 것으로 시작했다. 이 벽돌은 현대미술 작품이었다. 어떤 벽돌에는 한쪽 면에 메시지가 새겨져 있어서, 벽돌을 한 장 한 장 뒤집어보며 확인하고, 바닥에 까는 순서와 위치를 표시한

〈창령사터 오백나한상〉,
고려 말 조선 초,
국립춘천박물관

낙낙한 가사를 휙 둘러쓰고

웃고 있는 나한상은 시험 기간

내내 모자에 후드티셔츠를

입고 다니는 학생을 닮았다.

배치도에 따라 설치해야 했다. 벽돌 사이는 모래로 채워 고정하고, 중간중간에 인조 잔디를 잘라 이끼처럼 보이게끔 틈새에 끼워 넣었다.

이 전시를 먼저 선보인 국립춘천박물관에서는 살아 있는 이끼를 심어서, 직원들이 매일 이끼에 물을 주어야 했다는 후문도 들었다. 서울에서는 이끼 대신 플라스틱 잔디를 사용했지만 그렇다고 일이 더 수월한 것은 아니었다. 시판되는 인조 잔디는 큰 사이즈로 제작된 바닥재이기 때문에, 매트를 작두로 가늘게 자르는 것도, 그 조각들을 나무 막대기로 벽돌 사이에 집어넣는 작업도 모두 부서 사람들이 매달려 해야 했다. 한쪽에서는 모래를 붓고 한쪽에서는 잔디를 자르고, 이쪽저쪽에서 막대기로 잔디 조각을 벽돌 사이에 욱여넣는 나날이 이어졌다. 하루 종일 모래 먼지와 씨름하는 동안, 초코파이와 박카스와 비타500이 '있을 때 마셔둬야 하는' 불사약이 되었다.

박카스 성분이 들어 있다는 박카스 젤리도 동료들끼리 말없이 나눠주는 응원 물품으로 인기를 끌었다. 작업을 하는 동안엔 방진 마스크를 벗기가 힘들어서, 한 알 두 알 나눠 받은 젤리를 주머니에 넣어두었다가 휴식 시간이 되면 먹었다. 눈이 침침해진 건지, 잘 털어서 먹어도 먹다 보면 희한하게 꼭 입안에 섞여 들어온 모래가 한 알씩 어금니에 깔끄럽게 씹혔다.

자양강장제를 먹고 나면 눈은 여전히 때꾼한데 입은 진득하고, 힘은 없는데 혈당은 올라서 몸은 움직였다. 그러다 당분의 힘도 떨어지고 나면, 휴식 시간이 되기 무섭게 다들 의자가 있는 영상실로 들어가 쓰러지듯 눈을 붙이곤 했다.

바깥은 봄이었지만, 모래 먼지 때문에 초강풍으로 환기장치를 돌리는 박물관 전시실 안은 한겨울처럼 공기가 써늘했다. 롱패딩 점퍼의 모자를 뒤집어쓰고, 지퍼를 코끝까지 올리고 쿨쿨 토막 잠을 자는데, 부장님이 나타나 껄껄 웃으셨다. 2001년에 〈창령사터 오백나한상〉을 발굴한 장본인이다.

"아따, 여그도 우리 나한들이 있네! 이름표를 붙여줘얄랑가, 〈패~딩을 뒤집어쓴 나한〉으로!"

"국립중앙박물관, 하면 어떤 색이 떠오르시는지요?"

주변 사람들에게 이렇게 물어보았다가 돌아오는 대답들이 다양해서 놀란 적이 있다. 전시관 벽과 바닥의 밝은 살구색, 청자정 기와의 비취색, 신라 금관의 금색, 그리고 파란색. 웬 파란색? 우리 유물 중에 파란색을 떠올릴 만한 게 있나 생각해보았지만 〈청화백자〉 말고는 뾰족하게 떠오르는 게 없었다.

"파란색요?"하고 되물었더니, 그분은 "음, 하늘색?"하고 단어를 정정했다. 자기는 상설전시관과 기획전시실 사이에 있는 열린마당의 높다란 계단 너머로 탁 트인 하늘을 보러 박물관에 가는 사람이란다. 아, 그렇구나. 정말로 사람들은 유물 하나하나보다는 한 장의 인상, 한 통의 기억으로 공간을 간직하는 거구나 싶어서 신기했다.

누가 내게 색상환을 펼쳐주며 "이중에서 박물관 색이 뭔가요?" 하고 물으면 어땠을까. 나는 망설임 없이 채도가 낮은 브론즈 색을 고르고는 아차 했을 것이다. 그건 박물관 색이 아니라 박물관 로고 색이다.

국립중앙박물관 하면 파란색, 아니 하늘의 빛깔을 떠올리는 사람이 있다는 놀라움은 의외로 며칠이나 이어졌다. 너무 빨리 대답할 수 있는 질문들은 종종 다시 돌아봐야 한다. 정답이라고 믿고 간직해온 말들이 너무 오래되었을 때가 많아서다. 주머니에 넣고 다니다가 납작하게 눌린 종이 별처럼. 누구에게도 선물할 수 없는, 내게만 애틋한 것이 되어버린 의미들을 생각하면 서늘해진다.

아무도 한마디로 정의하지 않았지만 모두가 알고 있는 암묵지 중 하나가 '박물관다운 것'이다. 박물관 일을 하면서 때론 '박물관다운 것', 때론 '박물관답지 않은 것'을 선택하기 위해 이것저것을 빈칸에 대어보며 번민한다.

전시 부서가 아니라 기획 부서에서 들어온 덕분에 새

롭고 다양한 일을 많이 경험할 수 있었다. 때론 다 같이 으쌰으쌰 하는 일들, 또 때론 가만히 혼자 침잠해야만 해낼 수 있는 일들. 새로 생겨났다가 박물관의 일상 업무로 자리 잡은 것도 있고, 아쉽지만 업무 분장에서 사라진 일들도 있다.

돌아보면 내가 좋아했던 일들은 '박물관답지 않은 구석이 있는 것'들이었다. 소장품을 쉽게 검색할 수 있게끔 소장품 수만 건에 해시태그를 달아보거나, 한글과 워드와 엑셀 등 파일 형식이 다양한 통계 자료를 모아 빅데이터를 만들거나, 작품이 딱 두 점 걸리는 전시를 위해 한 줄의 글을 고심하는 일. 박물관 바깥의 사람들은 뭘 더 좋아할까를 묻는 일.

그러다 보니 쉬는 날이면 박물관답지 않은 전시를 보고, 박물관 사람 같지 않은 사람들을 만나고, 박물관에 없을 것 같은 물건들을 구경하며 시간을 보내게 되었다. 그건 이곳이 싫어져서가 아니다. 박물관에 없는 것들이 무엇인지 알아야, 무엇이 필요한지 또 잘 어울릴지도 알게 될 것 같아서다. 어디에나 있는 하늘을 박물관에서 보길 좋아한다는 대답도 보부상처럼 바깥을 돌아다니며 봇짐

안에 챙겨 모은 것들 중 하나다.

몇 해 전 줌바 피트니스를 시작했다. 부서의 한 선생님이 관내 동호회를 같이하자고 권유하셨을 땐 펄쩍 뛰며 손사래를 쳤다. 직장 동료들이랑 민소매 옷 입고 격렬한 춤을 춘다고요? 동료들이랑 나란히 샤워를 한다고요? 세상에, 동료들이랑은 일이나 하고 술이나 먹어야지 춤이라니 있을 수 없는 일입니다, 도저히 있을 수 없는 일이에요. 이 핑계 저 핑계를 대며 1년을 내빼다가 결국은 덥석 잡혀 거울 벽 앞에 섰었다.

울며 겨자 먹는 체하며 시작했지만, 막상 시작해보니 내가 걱정했던 그 모든 점이 다 매력 포인트였다. 쩌렁쩌렁하게 음악을 틀어놓고 몸을 움직이는 것도, 운동을 마친 후 후다닥 등목 같은 샤워를 하고, 젖은 앞머리를 쓸어 넘기며 구내식당에서 제육덮밥을 들이마시듯이 먹고 사무실로 뛰어가는 일. 그 모든 게 몇 해 동안 내게 익숙했던 일터의 분위기와 달라서 신나고 재미있었다.

"지은 씨, 자기가 줌바 총무를 좀 해야겠어."

얼마 전 나는 첩보영화의 한 장면처럼 은밀한 목소리로

걸려온 전화를 받고 줌바 피트니스 동호회의 총무가 되어 버렸다. 또 손사래를 치려는데 이번에는 먹히지 않았다.

"아, 왜긴 왜야. 사람이 없어! 코로나 때문에 쉬는 사이에 자기랑 나 빼고 다 다른 데로 발령 나서 회원 중에 남은 사람이 없어!"

동호회 유지에 필요한 회원 열 명을 모으기 위해 천 명에게 전체 메일을 보내는 마음을 아십니까? 그것은 이제 내 얼굴을 모르는 사람도 '신지은? 아, 그 줌바 동호회 하는 사람?'으로 나를 기억하는 것을 각오하는 일입니다. 몇 날 며칠 고심하다가, 팬데믹 때 일제히 활동을 멈췄던 동호회들이 너도나도 회원 모집 공고를 보내는 것을 보고서는 그제야 발등에 불 떨어진 듯 메일을 쓰기 시작했다.

"일주일에 두 번, 신나는 음악을 틀어놓고 함께 운동합니다. 그러면 어떻게 되냐고요? 일주일에 두 번 운동하는 사람이 됩니다."

전송 버튼을 클릭하기 직전에, 해시태그를 하나 덧붙였다. #박물관에없는분위기.

신석기인을 위한 주의 사항

낡은 책이 버려져 있을 때, 그게 쓰레기로 보이는 사람이 있는가 하면 책으로 보이는 사람도 있다. 후자에 해당하는 사람이 박물관에서 일하게 되면, 신석기인처럼 책을 얻으며 살아가게 된다. 수렵과 채집.

먼저 책 사냥. "전 이 도록 필요 없는데 혹시 필요하신 분?" 하는 말이 들리면 누구보다 빠르게 손을 들어 채 오는 것이다. 주의 사항 하나, 무슨 책인지는 쳐다보기라도 하고 손을 들 것. 기껏 얻은 책을 홀대하다가는 책 준 사람에게 인망을 잃기 쉽다. 주의 사항 둘, 가끔은 쑥스러움 많은 동료를 위해 순서를 양보할 것. 숫기가 없다고, 욕심도 없겠어요……

다음으로는 책줍. 장마철 화분 구석에서 순식간에 자라나는 버섯처럼, 박물관에서는 가끔 책 무덤이 생겨난다. 사무실 책장만으로는 도저히 감당할 수 없는 개인 장서들을 추려 복도 한쪽의 빈 책장에 가져다놓는 것이다. 선사시대 사람들이 바닷가에 살며 매일 조개를 잡아먹고 버린 조개껍질이 거대한 패총을 이루듯, 누군가의 책장에서 비켜난 책들이 한 권 두 권 쌓인 결과는 사람 키만 한 기둥 꼴 책 무덤이다.

책 무덤은 아직 묻히지 않은 현재형 유적 같은 것이다. 여러 사람이 오면가면 얼렁뚱땅 만들어진 책 무덤에도 지층이 존재한다. 오늘날 패총 유적에서 나온 것들로 그 시대 사람들이 무얼 먹고살았는지 추적하듯, 어떤 분야의 책들이 버려졌는지, 손때 탄 책인지 새것 같은 책인지 살펴보면 책 주인도 가늠할 수 있다.

복도를 지나가다 책 무덤을 발견하면 일단 가까이 다가가 슬금슬금 구경을 한다. 유적을 본격적으로 발굴하기 전에, 시험 삼아 땅의 한 부분을 파서 나온 샘플을 살피는 것을 '시굴試掘'이라고 하는데, 나도 시굴 조사를 하듯이 책등이 잘 보이는 쪽을 쓱 훑어본다. 그러다 궁금했던 책이나 재미있어 보이는 책이 있으면 무더기 사이에서 쏙쏙 빼내 옆구리에 찔러 넣는다. 정말 운이 좋으면 『고려불화』나 『천하제일 비색청자』처럼 오래전 절판되어 전공 분야 사람들도 애타게 찾는 도록들이 연달아 나오기도 한다.

좋은 것을 독식하면 인망을 잃으므로 흥미로운 걸 발견하면 얼른 동료들을 호출하여 행운을 나누도록 한다. 그러나 별로 흥미롭지 않을 때도, 일단 책등에 적힌 제목들을 다 한 번 훑고서야 자리를 뜨는 사람이 있다. 그렇다, 나는 버려진 낡은 책이 반드시 책으로 보이는 사람.

신석기인들은 패총에 버렸던 조개껍질을 다시 주워다 쓰지 않았지만, 박물관 책 무덤에 모였던 책들은 기어코 새로운 책장으로 제자리를 찾아 떠난다. 인사이동이 많은 시기에 우르르 쌓였던 책 무덤은 며칠 사이 높이가 훅훅 줄어들다 결국 자취를 감춘다. 예전에 책 무덤에서 보았던 책이 다시 책 무덤에 등장하기도 한다. 하지만 그 책도 또 제 주인을 만난다.

대형 출판사를 배경으로 한 드라마 〈로맨스는 별책부

록〉에는, 안 팔리고 남은 책들을 포크레인으로 퍼 올려 재활용 폐지로 만드는 장면이 나온다. 한 번도 누군가의 손에 들려보지 못한 채 수명을 다하는 책들을 상상하면 무력하게 슬퍼지곤 한다.

전 세계 박물관들에서도 수많은 책들이 탄생한다. 그 책들의 존재를 전혀 모르는 사람들이 세상에는 훨씬 더 많겠다는 생각을 할 때는, 교정을 일곱 번 여덟 번씩 보며 도록과 보고서를 만드는 손에 조금 힘이 빠질 때도 있다. 그러나 수렵과 채집으로 얻은 책을 뒤적이며 영양분을 채우는 욕심꾸러기들 덕분에, 어떤 책들은 박물관 이곳저곳을 순환하며 파쇄되지도 않고 잊히지도 않은 채 낡아가며 천수를 누리기도 한다.

며칠 전에 복도를 걸어가다 재활용 종이를 모아둔 자리에서 오래된 전시 도록 한 권을 주웠다. 너무나 낡았지만 역시 내 눈에는 마냥 책이었던, 허공을 향해 감사 인사를 하고 집어온 그 책은 무려 국립중앙박물관이 덕수궁 석조전에 있던 1970년대에 열린 〈밀레 특별전〉 도록이었다. 맨 뒷장의 빈 쪽에는 등나무가 드리운 벤치에 앉아 쉬는 관람객들의 모습이 연필로 그려져 있었다. 요 며칠, 석조전

뜰에서 이 스케치를 했을 책 주인이 누구였을까 하는 생각에 머릿속이 바빴다.

그러다 얼마 후 그 책을 버렸음직한 사람을 찾았다(신기하게도 찾으면 찾아진다). 그분께 어디서 어떻게 얻으신 책인지 여쭈었는데, 예전에 고서 경매로 구했다가 정리하신 책이라고 한다. 경매에까지 나왔던 귀한 책이란 건 변하지 않았는데, 어쩐지 한편으로 살짝 김이 빠졌다. 밀레 전시를 할 적에 관련 부서에 근무했던 사람들이나, 그런 스케치 솜씨가 있었을 박물관 원로들을 찾아보며 누구의 그림 솜씨일까 분주하게 돌아가던 상상이 뚝 멈춰 서버린 오후였다.

마음의 모양을
매만지는 시간

사무실 앞 복도에 화분을 가져다놓고 키운다. 일을 하다 보면 반드시 온다. 일과 사람에 부렸던 욕심만큼 크고 깊은 슬럼프가. 담배를 피우는 사람이 옥상으로 올라가 연기를 내뱉고 새 공기를 들이마시고 오듯이, 생각이 뛰고 뛰어 어지러울 때 나는 결연하게 물조리개를 쥐고 복도로 나간다.

물이 고픈 식물들을 들여다보고, 누렇게 시든 잎을 떼고, 느슨해진 지지대를 단단하게 묶어준다. 그러다 보면 화분들 너머 창밖이 비로소 눈에 들어온다. 지금이 몇 시인가가 떠오르고, 오늘은 며칠인가, 계절은 어디까지 왔나도 생각한다.

노력을 할수록 오히려 걸음이 꼬이는 것 같아 숨이 막히던 때가 있었다. 그때는 사무실 창가에서 키우던 바질과 토마토가 하마처럼 물을 많이 먹어대는 통에, 나는 아침저녁으로 화분에 물을 주며 내 마음도 함께 식히곤 했다. 그런 나를 지켜보던 한 상사가 이야기했다.

"사람이 힘들면 말 없는 것에 마음을 쏟아."

말 없는 것에 마음을 쏟는 일. 버티고 견디기 위해서 편안한 침묵 앞으로 다가가던 그때의 내 마음에 그가 붙여 준 이름을 나는 오래 기억한다.

조선 후기에 만들어진 청화백자에는 당시 선비들 사이에서 유행하던 화분과 분재도 무늬로 등장한다. 그중 서울역사박물관에 있는 〈백자청화 화분문 항아리〉는 앞뒤로 각각 파초와 대나무를 심은 화분들이 그려져 있다. 때로는 파초를, 때로는 대나무 분재 쪽을 돌려보았을 이 항아리의 옛 주인도 말 없는 것을 바라보는 시간이 필요했을지도 모르겠다.

뜨거운 볕 아래 서서 유칼립투스 순을 따고 있으면, 머릿속에서 영 덜어지지 않던 일 욕심도 같이 뚝 떨어져 나

〈백자청화 화분문 항아리〉,
조선 18세기,
서울역사박물관

때로는 파초를, 때로는 대나무
쪽을 돌려보았을 이 항아리의
옛 주인도 말 없는 것을 바라보는
시간이 필요했을지도 모르겠다。

간다. 이렇게 식물 줄기나 가지의 맨 끝에 나는 새순을 잘라내는 것을 순지르기라고 한다. 순지르기를 하고 나면 그 지점에서 생장점이 두 개로 갈라지며 하나로만 뻗던 줄기가 Y자로 가지를 내며 자란다. 그래서 작은 식물은 잎을 잘라내는 것만으로 큰 나무의 가지치기 같은 효과가 난다.

식물을 키우는 사람들 사이에서는 한 번도 순지르기를 하지 않고 줄기를 일자로 곧게 키운 '외목대'가 인기가 많다. 쭉 외목대로 기르다가 원하는 키가 되면 순지르기와 가지치기를 하며 줄기 윗부분만 풍성하게 만드는 것이다. 그렇게 식물을 다듬으면서, 일하는 내 마음은 어떤 수형樹形인지도 때때로 생각해본다. 나는 어느 쪽이 햇빛이라고 믿고 그쪽으로 가지를 뻗고 있는지, 잘 보이지 않지만 해가 닿지 않아 휑한 면은 어떤지.

그런 생각을 하는 날이면 모두가 퇴근한 사무실에 잠시 나하고만 머무르다 돌아간다. 나를 뱅그르르 돌려 모양을 다듬을 수 없으니, 지금 하는 일들을 둘러보며 내 마음을 짐작하고 싶어져서다. 그저께, 어제, 오늘 아침 일일이 살피지 않았던, 일하는 마음의 모양을 매만지는 시간이다.

햇빛이 고파 구부정하게 웃자란 욕심은 톡톡 순지르고, 과습 상태의 흙처럼 무거운 고민은 바람 드는 창가 쪽을 향해 돌려놓는다.

그러고 밖으로 나설 때 가을 저녁이면 행복하다. 박물관 사무동에서 한강나들길로 나가는 숲길은 봄날만큼 가을 저녁도 아름답다. 이슬이 차가워진다는 한로寒露에 이르면 무거운 습기가 싹 가시고, 바람도 산들산들 가볍게 분다. 강아지풀 같기도 하고 갈대 같기도 한 수크령이 피는 계절. 다른 이들의 돌봄 속에 무성해진 정원이 걷는 내게도 말없이 다독임을 전하는 시간이다. 키 작은 가로등의 노란 불빛으로, 수풀 사이로 들리는 풀벌레 소리로.

2

유물 뒤에
사람 있어요

국립중앙박물관에 입사하기까지 몇 군데 면접에서 고배를 마셨다. 그 이전까진 면접에 떨어져본 적이 없었던 내겐 몹시 기가 꺾이는 일들이었다.

내 자기소개서를 펜 끝으로 툭툭 내리치며 "하, 꿈이 크시네" 하고 웃는 사람도 있었고, 채용 인원은 한 명인데 면접에 30~40명을 부르는 곳도 있었다. 전공 지식과 직무에 관한 질문 대신 재단 창립 기념일과 업무에 활용할 수 있는 SUV 소유 여부를 물었던 곳은 몇 시간이나 걸려 버스를 타고 간 곳이었다.

아침 일찍 출발했는데, 서울로 돌아왔을 때는 이미 늦겨울 해가 저물고 있었다. 배도 고프고 술도 고픈데, 누가 봐도 오늘 면접 본 사람 같은 차림으로 사람을 만나고 싶지는 않았다. 환승 정류장 가까이에 있던 평양냉면집에 들어가서 접시만두와 맥주 한 병을 시키고 앉아 허탈한 마음을 달랬다. 나는 간장 없이 겨자 푼 식초에 만두를 찍어 먹는 걸 좋아한다. 그날따라 식초 종지에 기울인 소스통에서 푹 하고 겨자가 쏟아졌다. 식초보다 겨자가 많을 정도로. 그냥 먹었다. 겨자가 매워서 코가 찡하고 눈이 절로 감겼지만 그냥.

창립 기념일을 외우지 못해 죄송해야 했던 순간이 머릿속에서 다시 재생되기 전에, 빨리 만두를 한 점 더 삼키고 맥주로 꿀꺽꿀꺽 내려 보내야 한다는 생각만 했다. 얼른 먹자. 얼른 먹고 이 힘으로 집에 가자. 이 구두를 벗고 스타킹을 벗고, 정류장에서 뒤집어쓴 먼지를 씻고 잠들자고. 그렇게 겨자 맛 만두 한 접시를 꼭꼭 씹어 먹고 나와서, 다시 한 시간 더 버스를 타고 집으로 왔다. 용케 눈물은 꾹 참았다. 그러나 울지 않아도 슬픈 것은 슬픈 것이었다. 면접에 다녀온 덕에 한동안 못 갔던 평양냉면집에서 따끈한 만두와 차가운 맥주를 먹었지만, 그렇지만, 그래도. 상처 주는 일을 겪으면 사람은 상처를 받는다는 걸 나는 점점 깨달아갔다.

지금은 블라인드 면접이 도입되고, 지원자와 출신 학교나 근무 이력이 겹치지 않는 외부 면접관이 들어오지만, 당시엔 합격하면 같이 일하게 될 학예사나 연구관이 직접 면접에 들어왔다. 그래서일까, 불합격 통보를 받으면 면접관들의 얼굴이 가장 먼저 떠올랐다. 그저 내 능력이 남들보다 부족해서 떨어진 것이라는 사실을 머리로는 받아들일 수 있었지만 마음은 자꾸 '면접관 마음에 못 들었다'고 말했다. 그 구겨진 생각에서 헤어 나오기까지 1년 남짓한 시간이 걸렸다.

그런 생각 탓이었을까. 드디어 박물관에 합격해 일을 하게 되었을 때, 어느 날 사수에게 물었다. 면접에서 나의 어떤 점을 보고 '뽑아야겠구나' 생각했는지 궁금했다. 답은 예상 밖이었다.

"화음이 기대가 되어서요."

다른 사람에게 없는 지식이나 실력을 갖기보단, 오선위에서 서로 어우러질 수 있는 내 자리를 찾는 것. 그건 누구의 마음에 들게끔 행동하는 것이 아니라, 나의 마음에 다른 사람들을 들이는 일이다. 나와 다른 소리들과 어울리는 방법을 익히면서 내 소리는 어떤 것인지도 더 선명하게 알아간다.

사수의 이야기는 지금도 마음속에 남아 이따금 내게 질문을 던진다. '이 화음 속에서 어떤 음을 맡고 있나요?'

"어떻게 문화재를 공부하게 되셨어요?"라는 질문을 받으면 살짝 아득한 기분이 든다. 그리고 어느 버전의 대답을 내놓아야 할지 고른다.

긴 말이 필요하지 않을 때는 이렇게 대답한다.

"대학생 때 미술관에 갔다가 분청사기를 보고 무척 감동을 받고서요. 왜 이렇게 좋은지 알고 싶더라고요."

거짓말은 아니다. 전사前史를 뭉텅 잘라냈을 뿐.

내 얘기를 한참 더 늘어놓을 수 있는 자리라면 "제가 열 살 때 수학을 포기했는데요"로 시작한다. 줄리앙 석고상과 소보로빵이 등장하는 버전이다.

사실 나는 대학에 가고 싶지 않았다. 학기마다 그렇게

비싼 등록금을 내고 다니는 데 비해, 대학에서 듣는 수업들은 별로 재미없어 보였다. 그리 넉넉하지 않은 우리 집 형편에, 대학생이 셋이나 생기게 된 참이기도 했다.

아주 어릴 적부터, 빚이나 법이 무슨 말인지 모를 적부터 나는 한밤중에 방문 너머에서 어렴풋하게 들려오는 부모님 목소리로 우환의 낌새를 알아채며 자랐다. 남의 빚을 대신 갚아나가면서도 엄마는 애써 자식들을 부족함 없이 키워냈다. 내가 고등학생이 되었을 때는 집안 형편도 많이 나아졌다. 그러나 나는 내가 여전히 확신 없는 일에 큰돈을 쓰기가 무섭고 싫었다.

대학 가라고, 잘 맞는 학과까지 다 찾아주겠다고 설득해준 선생님이 없었다면 어땠을까. 내신성적이든 모의고사든 수학 점수는 항상 10점 안팎이었는데, 다른 과목은 다 점수를 그럭저럭 받는 걸 눈여겨본 선생님이 계셨던 덕에 고3 여름부터 부랴부랴 수능 공부를 시작했었다.

그 선생님이 골라준 학과는 언론이나 홍보 관련 학과들이었다. 수능시험 뒤에도 수시모집이 있던 때라, 옆자리 짝이었던 친구가 자기는 '예술학과'에 수시 원서를 내겠다고 했다. 예술학과라니 뭐 하는 데냐고 물었을 때 친구가 대답했다.

"나도 잘 모르는데, 하여튼 예술 전반에 대해 두루 배우는 과래."

집에 돌아와서 예술학과 홈페이지를 찾아보았더니 이게 웬 일인가. 커리큘럼에 나와 있는 모든 과목들이 다 재미있어 보였다. 이런 곳이라면 등록금이 아깝지 않겠다고 생각했다(실기 수업을 하지 않는 과인데도 일단 미대라서 등록금이 1백만 원 더 비싼 건 나중에야 알았다. 이건 솔직히 좀 아까웠다).

하지만 갑자기 미대에 지원하겠다고 하면, 집이 발칵 뒤집힐 것은 불 보듯 뻔했다. 정시 원서 모집 마감 날 오후, 마감 시간 직전까지 꼭꼭 품고 있던 계획을 발표했다. 과연. 뒤집혔다. 집안이. 부모님 속도.

진로나 학업에 거의 관여를 하지 않던 아빠가 노발대발 화를 냈던 건, 그랬다. 내가 가겠다는 게 그냥 요상한 과가 아니라 그 과가 미대에 있었기 때문이다. 그러나 아빠와 함께 야단이 났던 엄마가 언니의 중재에 슬쩍 찬성으로 입장을 바꾼 것 역시, 그랬다. 그 과가 홍대 미대였기 때문에.

지금은 홍대 미대 입시에서 실기 고사가 폐지되었지만, 그때는 예술학과에도 정시에는 적은 비중으로나마 실기가 포함되어 있었다. 시험 과목은 석고상 소묘.

갑자기 웬 미대냐고 버럭 화를 내는 아빠에게 협상 카드로 내민 것은 이 한마디였다.

"실기시험 보러 갔다 올 차표만 사줘. 학원비든 뭐든, 다른 돈은 일절 안 쓸 테니까."

총점에서 실기 고사에 걸린 5퍼센트를 버려도 합격할 자신이 있었다. 시험 중간에 퇴실하면 실격 처리가 되기 때문에, 어떻게든 네 시간을 버티는 것만이 내가 헤쳐 나가야 할 난관이었다.

시험 날에도 고사실 입실부터 기 싸움에 밀려, 그늘진 맨 앞자리에 앉았다. 석고상과 가깝지만 제대로 그리기 힘든 각도였고, 빛이 잘 비치지 않아 명암을 표현하기도 불리한 자리였다는 건 나중에 알았다. 그리고 시험이 시작되자마자 이젤을 넘어뜨리고 말았다(높이를 조절해보려다 처음이라 그만). 꽝 소리에 사방에서 쏟아지는 눈총에 잔뜩 얼어버린 뒤, 비로소 눈에 시험 과제가 들어왔다. 시야 가득 알 듯 말 듯 한 미소를 짓고 있는 새하얀 줄리앙 석고상.

아름다운 줄리앙은 눈앞에서 먼 곳을 응시하고 있는데,

뭘 어떻게 그려야 할지 감도 오지 않았다. 빈 종이로 제출하면 실격으로 처리된다기에, 옆에 앉은 사람들을 따라서 구도를 잡는 척 도화지에 헐렁하게 십자를 쓱쓱 그렸다. 그러나 거기까지가 한계였다. 아예 연필도 내려놓고 가만히 앉아 있었다. 수학 시험 같았으면 엎드려 자기라도 했을 텐데, 또 이젤을 넘어뜨렸다가는 쫓겨날 것 같아서 옴짝달싹하지 못하고 얌전히 앉아 있었다.

10분 정도 지났을까, 감독관이 옆에 다가와서는 뭔가를 슥 내밀었다. 소보로빵과 흰 우유였다. 원래 두 시간 지나고 나눠주는 거라며 말끝을 흐렸다. 일단 받았다. 감독관이 아주 진지한 표정으로 덧붙였다.

"1인 한 개거든요? 할 수 있는 한 천천히 드세요."

얼굴이 빨개지는 게 느껴졌다. 히터가 맹렬하게 돌아가고 있긴 했지만, 그래서는 아니고. 얼마나 심심해 보였으면. 이거라도 먹으며 시간을 때우라는 것이었다. 시계를 보니 세 시간 사십 분 정도가 남아 있었다.

그래서 소보로빵 위에 붙은 쿠키 부분을 아주 조금씩 뜯어 먹고, 종이팩에 든 우유를 입술만 적시듯이 마셨다. 나는 참새다, 나는 비둘기다, 그래서 소보로 한 톨이 한 입

이라고 자기암시를 걸어가며. 하지만 참새에 빙의한 사람
도 세 시간이면 빵 하나와 우유 한 통은 다 먹어버리고 마
는 것이었다.

　이 이야기는 빵과 우유를 다 먹는 대목에서 끝난다. 그
뒤는 남들과 다르지 않다. 저는 대학에 갔습니다.

　대학원에는 어떻게 갔냐고요? 아, 그건, 제가 공부에
소질이 있는 줄 알고 그만…….

작은 환대

대학 졸업반에 처음 인턴을 한 종로의 미술관에는 내 자리가 없었다. '자리가 없다'는 표현은 너무 중의적일까 싶은데, 여러 의미로 그랬다. 우선 정말로 내 몫으로 정해진 책상이 없었다. 출근하면 그날그날 사무실에서 빈 책상을 찾아 구형 노트북을 옮겨 다니며 일했다. 간이 테이블까지 꽉 찬 날은 옆 건물의 자료실에 가서 일하기도 했다.

외부 사업을 많이 하는 곳이라 인턴십 기간의 절반은 다른 미술관으로 파견을 나갔다. 그곳에서도 나와 출근 날짜가 겹치지 않는 사람과 책상을 함께 사용했다. 그래서 늘 보부상 보따리처럼 가방을 그득그득 채워서 다녔다. 텀블러, 칫솔, 핸드크림, 생리대나 여행용 티슈, 휴대

폰 충전기도 늘 가방에 담긴 채 나와 함께 자리를 옮겨 다녔다. 정직원보다 인턴이 더 많은 조직이다 보니 볼펜이나 가위, 자 같은 문구류도 늘 모자랐다. 물론 그런 품목들도 이내 보따리에 추가되었다. 광화문을 지나는 버스에서 정장 입은 직장인들이 우르르 내릴 때 나는 그들의 손에서 가볍게 흔들리는 납작한 가방을 오랫동안 바라보곤 했다. 저 사람들 가방엔 스테이플러 같은 건 들어 있지 않겠지.

내가 마음 둘 곳 없이 애쓰고 있다는 걸 아무도 몰라준다고 생각했지만 사실은 다들 알고 있었을 것이다. 하지만 몇 달이 흘러도 그곳의 일손은 늘 모자랐다. 그래서 인턴십이 끝나던 날 사수가 수료증을 건네주고 어깨를 두드리며 "자, 자유롭게 훨훨 날아가, 이제" 했을 때 그의 마지막 말은 너무 따뜻해서, 오히려 마음에 찰싹 달라붙는 상처로 남았다. 여기선 늘 그런 따스한 격려를 받으며 일했다고 믿길 만큼 다정해서.

꾸벅 인사를 하고 사무실 문을 나서는 내게 그는 인사치레로 "두고 가는 거 없나 확인했어요?" 하고 물었다. 대답은 하지 않았지만 아마 나의 마지막 말은 표정으로 전

해졌을 것이다. '확인할 필요가 있을까요?'

그래서 대학원에 간 뒤 두 번째 인턴십을 했을 때, 그곳 사무실에 반듯한 책상 하나가 주어진 게 그렇게 기뻤었다. 출근할 때마다 남의 자리를 기웃거리지 않아도 되는 것, 일하다 필요한 물건이 있으면 누구에게 허락을 구할 필요 없이 그냥 내 자리의 서랍을 열기만 하면 된다는 것. 가방에 30센티미터 자와 스테이플러를 넣고 출근하지 않아도 되는 것. 그 사실이 주는 단순한 안도감에 나는 무척 신이 나서 일했다.

졸업 후 첫 직장이자 세 번째 일터가 된 이곳에서의 나의 한 부분에는 이런 달고 짜고 쓴 기억의 지분이 있다. 그래서 새 동료가 온다는 소식을 들으면 미리 해두는 일이 있다. 그가 쓸 책상 위를 닦아두고, 책상 서랍 안에 굴러다니는 잡동사니는 없는지 한 칸 한 칸 열어보기도 한다.

당장 업무에 필요한 문구류도 상자 하나에 담아 책상 한쪽에 올려둔다. 갑 티슈와 물티슈, 연필, 볼펜, 네임펜, 형광펜, 자, 가위, 칼, 클립과 집게, 스테이플러, 스카치테이프, 딱풀, 포스트잇……. 차차 사무실 비품 위치가 눈에 익고 나면 혼자서도 챙겨 쓸 수 있는 것들이지만, 이 웰컴 키트는 내가 전할 수 있는 작은 환대의 표현이다.

짠내 나는 기억이 언제나 나쁘게만 남는 것은 아니다. 새 동료를 맞이할 때, 그 기억은 낮 동안 바슬바슬한 모래밭에 밀려드는 밀물처럼 내게 무언가를 속삭이곤 한다. 그래서 나는 차근차근 꾸린 웰컴 키트를 빈 책상 위에 놓고 돌아선다. 그 상자 안에 쑥스러운 환대의 목소리를 담아둔다. 이 작은 공간도 당신을 환영하고 있다고, 그러니 일하는 동안 우리의 마음이 저 넓은 박물관을 향해 천천히 마음껏 풀어지도록 힘내자고.

내게 올봄은 권진규의 계절이었다. 조각가 권진규 탄생 100주년을 기념해 대규모 회고전과 기념행사가 연이어 열렸기 때문이다. 특히 2006년부터 권진규 아틀리에와 유품을 관리하는 시민 단체 내셔널트러스트가 권진규의 생일과 기일에 아틀리에 마당에서 연 작은 음악회는 두 번 다 열일 제쳐두고 달려가 참석했다. 권진규가 태어난 초봄, 세상을 떠난 늦봄의 석양을 모두 성북구 동선동 언덕 중턱에 지어진 아틀리에 마당에서 보았다.

서울시립미술관에서 열린 권진규 전시는 오랜만에 대학 동기를 만나 함께 보았다. 저녁 바람이 차서, 따뜻한 걸 찾아 우동을 사 먹으러 정동 길을 죽 걸어 내려오다가 문득 친구가 말했다.

"맞아. 너 제너럴리스트가 되는 게 꿈이라고 했었는데."

"아니? 내가 그런 흉한 소릴 하고 다녔을 리가 없어."

호들갑을 떨며 낄낄 웃었지만, 사실은 나도 친구도 그 시기를 또렷하게 기억한다. 새내기 오리엔테이션에서 나는 자기소개를 하면서 장래 희망이 제너럴리스트가 되는 것이라고 했었다. 고등학생 때 일본의 저널리스트 다치바나 다카시의 『뇌를 단련하다』라는 책을 읽고 여러 가지 분야를 두루 연결할 수 있는 사람이 되는 꿈을 꿨다. 다양한 분야를 넘나들던 다치바나의 저술 활동에서 영감을 받은 것이었다. 애초에 예술학 공부를 시작했던 이유도 '예술 전반에 대해 두루 배운다'라는 (맞지만 틀린) 정보에 홀려서였다. 최근엔 유발 하라리 열풍이 분 탓일까. 제너럴리스트가 이렇게 사람들이 되고 싶어하는 뭔가가 될 줄은 몰랐다.

"내가 되고 싶었던 건 이어령 선생 느낌의 사람이었는데."

"약간 구수한 제너럴리스트?"

"그렇지. 순우리말 잘 쓰는 제너럴리스트. 와인에 된장

술밥 매치하는 그런 이미지."

거대한 전환의 지도나 방향성 같은 건 없지만 틈틈으로 스며드는 작은 빗방울 같은 지식인. 잇고, 연결하고, 벗겨지고 끊어진 데를 다시 바르는 사람. 풀을 발라도 안 붙는 자리에는 살짝 종이테이프를 둘러주는 사람. 테두리 바깥의 것을 계속 안으로 들이고 넣되, 안이 너무 비좁지 않은지 살필 줄 아는 사람이 되고 싶은 것이다.

그러기엔 너무 조금 배웠고, 너무 얕게 공부했고, 너무 짧게 일했다는 생각에 오래 붙들려 있었다. 그러나 글을 쓰기 시작하고 30대 중반을 보내면서, 우선 내가 나아갈 방향을 가늠하며 움직일 수 있게 된 기분이 든다. 그리고 비로소 알게 되었다. 나에게 가장 필요했던 것도, 앞으로 가장 필요할 것도 그저 시간이라는 것을.

지금 한 일간지에 연재하는 칼럼은 그런 깨달음에서 출발했다. 전시 기획자는 아니지만 기획자의 언어를 이해하는 관람객의 마음을 글로 표현하는 것. 그럼으로써 누구와도 너무 멀지 않고, 누구와도 너무 가깝지 않은, 숨 가쁘지 않은 말들을 딛고 사람들이 박물관으로 찾아오게 하는 글을 쓰고 싶다.

권진규 회고전을 보며 새롭게 알게 된 사실이 있었다. 그가 도쿄 히비야공회당에서 열린 연주회에 갔다가 떠올린 '음音을 양감으로 표현할 수는 없나' 하는 호기심이 미술가가 되기로 결심하는 것으로까지 이어졌다는 것. 뒤늦게 미술을 배우고 조각가가 된 이유가 도저히 외면할 수 없는 열정이나 뛰어난 재능이 넘쳐서가 아니라, 동떨어진 듯한 두 영역의 테가 서로 스치는 아주 작은 지점을 발견했기 때문이다. 그래서 권진규의 흔적을 만나고 돌아오는 봄, 너무 늦게 시작한 건 아닐까 하는 두려움이 저만큼 떨쳐졌다.

그래서 내가 하고 싶은 일은 최종적으로 제너럴리스트에 가깝다는 것을, 십수 년 만에 다시 친구에게 고백할 용기가 났던 것도, 아마 권진규를 만나고 온 저녁이었기 때문이었을 것이다. 우리는 낄낄 또 웃으며 우동으로 덥힌 몸이 식을 만큼만, 찬바람을 맞으며 같이 명동 쪽으로 걸었다.

　올해 우리 팀에 온 사수가 얼마 전에 '똑똑이' 필자로 데
뷔를 하셨다. 대학교 새내기 때 처음으로 발굴한 통일신라
시대의 토기 조각에 대한 이야기였다. 경주에서는 너무 흔
한 유물이라서 아직까지 한 번도 전시에 나온 적 없이 수
장고에만 머물고 있지만, 여전히 그 토기를 발견하던 순간
의 날씨와 분위기를 생생히 떠올릴 수 있다고.

　내 손으로 발굴한 유물이 박물관 어디에 있는지 알고
있다는 건 어떤 느낌일까. 소장품 등록 업무를 하는 한 동
료도, 맨 처음 자기 손으로 등록한 소장품 번호는 잊히지
않는단다. 유물을 발견하지도 등록해보지도 않은 나는 아
마 앞으로도 다른 사람들이 발견하고, 정리하고, 등록한

소장품들을 누리기만 하며 일할지도 모르겠다.

그러나 육중한 문 너머 숨은 보물창고 같은 이미지 때문일까. 나 역시 박물관에 들어왔을 때 가장 궁금한 공간은 수장고였다. 미술관에서 인턴을 했을 때도 수장고는 들어가보지 못했기 때문이었다.

소장품을 등록하고 관리하는 사람들을 박물관에서는 '레지스트라'라고 부른다. 레지스트라들의 공통점은 매의 눈을 갖고 있다는 것. 벽에 붙은 안내문이 수평에서 2~3도 정도만 기울어져 있어도 몹시 괴로워하는 사람들이다. 기억력이 좋고 손끝이 야무지고 엉덩이는 무거운 사람들. 전시를 돕거나 자료정리를 하러 수장고에서 잠시 일을 해볼 기회는 있었지만, 역시 내게 수장고 업무는 이번 생에는 잘하기 힘든 피안의 일에 가깝다.

다만 내게도 지금 나를 있게 만든 순간들을 소중히 격납해두는 마음의 수장고는 있다. 자주 꺼내어 볼 수 없어도 늘 마음을 지탱해주는 힘이 되는 순간들. 예를 들면 리움미술관에서 고미술 인턴으로 일하면서 조선시대 궁중화원들을 주제로 한 기획전에 참여했을 때.

몇 달 내내 주로 작품을 대여하는 국내외 기관과 연락

하고, 도록이나 전시장 텍스트를 편집하는 일을 맡아서 하다가 드디어 전시장에 작품을 설치하는 때가 되었다. 그러자 매일 미술관 직원들의 배려가 쏟아졌다. 작품이 한 점 진열될 때마다 "지은 씨 빨리 와서 보세요" 하고 나를 부르는 목소리가 이어졌다. 진열장에 유리가 끼워지기 전에 작품을 실컷 보라는 것이었다.

덕분에 작품이 조습과 방충에 능한 오동나무 상자에서 막 나오는 순간, 큐레이터와 보존과학자가 찬찬한 손길로 두루마리를 펼치는 장면, 열 폭짜리 병풍이 한 폭 한 폭 열리는 순간을 모두 지켜볼 수 있었다.

그중에도 잊히지 않는 것이 〈흑구도〉였다. 주둥이가 길쭉한 커다란 개가 나무 아래서 몸을 긁고 있는 장면을 그린 이 그림을 본 순간, 나도 모르게 "흡" 하고 숨을 참았다. 어디서 비릿한 개 냄새가 풍긴 것 같았다. 놀라서 슬쩍 주변을 둘러보았지만 역시 착각이었다.

음, 범인은 역시 저 까만 개 같은데.

또 다른 쪽에서 나를 부르는 소리가 들리기 전까지, 한참 그 앞에서 제 발치를 느긋한 표정으로 흘겨보고 있는

김두량,
〈흑구도黑狗圖〉,
조선 18세기,
국립중앙박물관

이 그림을 본 순간,

나도 모르게 숨을 참았다.

어디서 비릿한 개 냄새가

풍긴 것 같았다.

그림 속 개를 들여다보았다.

그렇다. 나의 수장고 첫째 장 맨 윗줄 왼쪽 칸에는 조선 시대 화원 화가 김두량이 그린 〈흑구도黑狗圖〉가 들어 있다. 살아 움직이고 냄새를 풍기는 듯한 그림을 처음으로 만난 순간, 옛 문화재들을 마주하는 일에 진심으로 설렘을 느끼게 된 순간의 기억. 그 뒤로 비슷한 경험을 할 때마다, 마음속 수장고 안의 그 검은 개가 탈탈 귀 뒤를 긁으며 나타난다.

해를 거듭할수록 그런 순간들은 점점 더 금방 스쳐 지나가고, 흐려지고, 잘 잊힌다. 그러므로 좋은 순간들을 만날 때마다, 한 조각의 기억으로 남을 그 마음에 이름을 붙이고, 깨지지 않게 잘 감싸 안전한 선반에 올려둔다.

처음 국립중앙박물관에 들어왔을 때 나는, 박물관 바깥의 사람이었다. 소장품 관리 시스템을 개선하는 연구용역 사업의 프리랜서 연구원, 즉 박물관 소속이 아니라 사업을 맡은 업체 소속이었다. 박물관에서 사용하던 시스템에서 소장품을 쉽게 검색할 수 있도록 인덱스(검색어 사전)를 만드는 일을 했다.

예를 들어 '풍속도'라는 키워드와 '풍속화'라는 키워드를 연결해서, 둘 중 하나만 입력해도 두 가지가 다 검색되도록 하는 것이다. 반대로 글자는 똑같지만 의미는 무관한 단어들은 미리 분리되도록 설정하기도 한다. 분청사기에 들어간 음각 무늬를 가리키는 '조화彫花'라는 단어로 검색할 때, 꽃과 새를 그린 그림을 뜻하는 '화조화花鳥畵'는 검색되지 않도록 하는 식이다.

아하, 이런 게 다 전부 사람이 직접 교통정리 해야 되는 것이었구나. 공부할 때 검색이 매끄럽게 되지 않아 답답해했던 전문 분야 데이터베이스들의 비밀을 알게 되었다. 그 사이트를 만든 개발자들도 "구글은 이런 게 되잖아요" 같은 이야기를 들으면 갑자기 안경을 닦거나 슬픈 미소를 지었겠지.

반년 동안 그 일을 하면서, 국립중앙박물관이 소장한 미술품은 거의 한 점도 빠짐없이 들여다보았다(위인전 속 인물들이라면 이럴 때 그 소장 목록을 다 외워서 주변을 놀라게 하겠지만, 그런 일은 일어나지 않았습니다). 다만 프리랜서로 일하는 데 익숙지 않은 나로서는, 업무가 어려워서라기보다는 지시나 조언을 구할 데가 없다는 것 때문에 자주 머리를 싸매곤 했다. 서로 하는 일 자체가 너무 다르다 보니 사무실을 같이 쓰는 개발자들과도 서로 멀뚱멀뚱 시선을 주고받을 뿐이었다.

그나마 말을 튼 한 동료와 점심시간마다 박물관 마당으로 나가 관람객들 사이에서 도시락을 먹고 멀리 공원까지 걷다 돌아오곤 했다. 하루는 동료가 이런 이야기를 했다.

"영화 〈센과 치히로의 행방불명〉 보셨죠?"

"봤어요."

"저는 요새 가끔 그 장면이 떠올라요. 치히로 손이 투명해지던 장면이요."

신들의 세계로 들어간 뒤 한나절이 흐르자 치히로의 몸이 점점 투명해지며 사라지려던 장면. 두 손을 펼쳤는데 손에 유리처럼 주변 풍경이 비치는 걸 보고 소스라치며 겁에 질려 웅크리던 치히로의 모습이 떠오를 때가 있다고 했다. 여기 있는 것도 없는 것도 아닌 무언가가 되어가는 기분 때문이었을 것이다.

그런데 영화에서 하쿠가 치히로에게 건넨 음식처럼, 그 시절 내게도 낯선 세계에서 사라지지 않도록 힘을 준 것이 있었다. 매일 반갑게 인사를 해주시던 분이었다. 마주치면 인사를 받아주는 정도가 아니라, 활기찬 목소리로 "좋은 아침입니다!" 하고 먼저 인사를 하는 중년의 선생님.

처음엔 그게 나에게 하는 인사라고 생각하지 못했는데, 뒤를 돌아보면 아무도 없었다. 그런 상황을 몇 번이나 겪

〈동제銅製 보살손〉,
고려,
국립중앙박물관

한 애니메이션에서 주인공이

자신의 두 손이 점점 사라지는 걸

보고 겁에 질리던 모습,

그 모습에서 나와 동료를 보던

시절이 있었다.

고서야 그분이 나에게 인사를 한다는 걸 알았다. 복도 저 끝에서부터 굿모닝을 외치는 반듯한 서울 말씨의 인사 한마디가, 위축된 내 마음에 왜 그렇게 큰 힘이 되었을까.

그런데 내가 연구원으로 다시 박물관에서 일하게 됐을 때, 그분이 같은 부서에 계셔서 얼마나 놀랐던지. 업무는 서로 달랐지만, 늘 밝고 정중하게 스몰 토크를 건네는 모습은 여전했다. 눈이 마주치면 잘 모르는 사람에게도 손에 든 쿠키 접시를 내밀듯, 소탈하게 건네는 가벼운 상냥함의 힘을 나는 그분 덕분에 알게 되었다. 선한 영향력이라는 말을 별로 좋아하지 않지만, 그의 영향으로 나에게 없던 종류의 선함에 눈을 뜨게 된 것은 사실이다.

그러나 그 고마움을 직접 전하기까지는 무려 5년이나 걸렸다. 별로 말하기 어려운 일도 아닌데 자꾸 미뤘던 이유는, 그걸 말씀드릴 생각만 해도 눈물이 툭 떨어질 것 같아 용기가 나지 않아서였다. 그 선생님이 다른 부서, 다른 박물관으로 이동할 때마다 어쩌나 초조해하며, 나는 얼룩이 햇빛에 천천히 바래 없어지듯 내 마음에 남은 쓸쓸한 여운이 가시길 기다렸다. 몇 년이 지나 드디어 "아마 기억

못 하시겠지만요"로 운을 뗀 이야기는 다행히 꽤 가볍고 싱겁게 이어질 수 있었다. 다 듣고 난 뒤 선생님이 빙그레 웃으며 말씀하셨다.

"그런데 힘들 때 스스로 도움을 발견하는 것도 아주 훌륭한 일입니다. 칭찬 꼭 해주세요, 본인한테도."

모처럼 안 울고 끝까지 얘기할 뻔했는데!

"엄밀히 말하면 저는 여기 사람은 아니니까요."

얼마 전 다른 부서 인턴과 이야기를 나누다 그가 담담한 목소리로 이렇게 말했을 때, 왠지 이번에는 내 차례구나 하는 생각이 들었다. 그날 뒤로 박물관에서 그가 보이면 아주 멀리서도 크게 손을 흔들며 인사하고 있다. 그러면 그도 반갑게 손을 흔들며 웃는다. 좋은 하루와 맛있는 점심, 즐거운 주말을 큰 소리로 빌어줄 때, 우리의 손은 투명해지지 않고 삶의 얼룩은 점점 희미해져간다.

　2021년 겨울, 박물관에서 번갈아 전시에 나오던 국보 78호 〈금동金銅 반가사유상半跏思惟像〉과 83호 〈금동 반가사유상〉이 나란히 자리하는 새로운 전시 공간 '사유의 방'이 문을 열었다. 두 국보 반가사유상들이 한 공간에서 만난 것은 6년 만이었다.

　삼국시대 6세기 후반에 만들어진 국보78호는 맵시 있는 옷차림에 화려한 장신구를 걸친 모습이다. 해와 달, 꽃 잎과 새의 날개를 새긴 보관 아래의 얼굴은 눈과 코, 입매가 모두 또렷하고 단정하다. 그 옆에 나란히 앉아 있는 국보83호는 7세기 전반에 제작된 상이다. 78호는 맑은 목소리로 또박또박 조리 있게 이야기할 것 같은 인상이라

면, 83호는 고개를 끄덕이며 그 이야기를 실컷 들어주고
는 "그래, 잘했네" 하고 싱겁게 웃어줄 것 같은 모습이다.
똑 부러지는 조언이 필요할 때는 78호 앞으로, 바보 같은
이야기지만 들어줄 사람이 필요할 때는 83호 앞으로 가고
싶어진다.

2015년 겨울에 열린 〈고대불교조각대전〉에서는 두 상
의 위로 마치 해가 뜨고 기울듯 빛이 움직이는 연출을 했
었다. 넓은 전시실 안에서, 두 구의 고대 조각상들은 그들
을 둘러싼 공간을 가만히 추상의 공기로 채우는 힘을 보
여주었다.

반가사유상들 안에는 다양한 형용사들이 골고루 숨어
있다. 눈썹은 둥글고, 콧날은 곧고, 인중은 단단하고, 미소
를 머금은 입매는 부드럽다. 뺨에 댄 손끝은 가볍고, 대좌
밑으로 흐르는 옷자락은 무겁다. 그런 특징들을 하나하나
읽어가다 보면, 어느새 그런 물성의 말들은 지워지고 두
반가사유상의 눈초리와 입술과 어깨와 무릎, 모든 부분들
이 하나의 인상으로 다시 눈에 들어왔었다.

'사유의 방'이 생긴 뒤, 관람자들로 북적이는 공간의 분

두 불상의 특징들을 하나하나 읽어

가다 보면, 어느새 반가사유상의

눈초리와 입술과 어깨와 무릎,

모든 부분들이 하나의 인상으로

다시 눈에 들어온다.

〈금동金銅 반가사유상半跏思惟像〉
(국보 7 8호)、
삼국시대 6세기 후반、
국립중앙박물관

〈금동 반가사유상〉(국보 83호),
삼국시대 7세기 전반,
국립중앙박물관

7, 8호는 맑은 목소리로 조리 있게
이야기할 것 같은 인상이라면,
83호는 고개를 끄덕이며
그 이야기를 실컷 들어줄 것 같은
모습이다.

위기가 신기해서 매일 점심시간마다 그 방에 가서 서 있다가, 먼 옛날의 탑돌이처럼 불상 앞뒤로 이어지는 공간을 걸어 다니다 돌아오곤 했다. 그러다가 점점 입구 바로 옆에 앉아서 꽤 멀리서 두 구의 반가사유상을 바라보게 됐다.

계피와 편백나무, 숯 등을 섞어 벽을 바른 방 안의 은은한 향기를 맡으며 가만히 머릿속을 비우고 앞을 응시하다 보면, 반가사유상들과 나 사이의 거리감이 점점 흐릿해지며 둥실둥실 떠오르는 기분이 든다. 신기하다. 이렇게 좋은 공간이 잠시 생겼다 없어지는 곳이 아니라니. 반면 특별전시실 속의 좋은 공간들은 기간 한정 아이템처럼 잠시 생활 속에 머물다 간다. 그래서 박물관에서 전시를 보다 좋아하는 공간을 찾으면, 몇 번이고 부지런히 다녀온다.

올해 초엔 〈조선의 승려 장인〉전의 하이라이트였던 〈용문사 목각탱〉이 있는 방이 그랬다. 나는 관람객이 비교적 적은 시간에 가서 탱화를 가만히 바라보곤 했다. 사실 〈용문사 목각탱〉 속의 형상 하나하나는 단순하고 간략하게 표현되어 있고, 흩날리는 옷자락도 사실적인 생생함과는 꽤

거리가 멀다. 그런데도 볼 때마다 서양의 바로크 미술품을 보는 것 같은 역동적인 느낌에 압도되곤 했다. 눈을 사로잡는 금빛 속에, 상징 속에 꼭꼭 채워놓은 상상들이 순간적으로 폭발하는 듯한 감각 때문이었는지 모른다.

비슷한 시기에 열린 〈漆, 아시아를 칠하다〉전에서 고려 나전칠기가 모여 있던 작은 방은 어떤가. 어두운 공간에 부드러운 빛을 받고 있는 자개 조각들을 볼 때면, 그것들이 탄생한 수백 년 전 고려의 바닷속으로 마음이 가라앉곤 했다.

좋아하는 공간을 거니는 일은 생각으로 꽉 찬 머릿속에 선선한 바람을 불러들이는 것 같다. 박물관 사무동에서 제일 좋아하는 장소인 서쪽 복도에는 오후가 되면 창에서 비치는 노란 햇살이 벽에 푸르스름한 그림자를 드리운다. 온종일 고여 있던 생각들이 바람에 씻기고 난 빈 자리에 천천히 새로운 생각을 들이는 것. 그 생각들이 천천히 하루 끝에 녹아들 때, 내 안에도 한 조각의 사유가 깃들곤 한다.

동료의 집에 처음 놀러 간 날, 갑자기 〈TV쇼 진품명품〉
같은 상황이 펼쳐졌다. 동료가 나를 가리키며 "이 언니는
도자사를 전공했어"하고 소개하자마자, 그의 아버지가 반
색을 하며 안방에서 조그만 항아리 하나를 꺼내 오셨다.
그러고는 아주 신이 난 목소리로 이야기를 시작하셨다.

"도자기를 공부했으면, 이게 언제 만들어졌는지도 알아
요? 이 항아리는 내가 아주 어릴 때부터 우리 어머니 방
에 놓여 있었던 거라고."

둥글납작한 형태에, 항아리 어깨에는 팬지처럼 생긴 파
란 꽃이 그려진 백자였다. 20세기 전반에 무척 많이 만들
어진 디자인이라, 지금도 골동품상을 지나다 보면 선반에

하나씩은 올려져 있는 비교적 흔한 물건이다. 물끄러미 항아리를 바라보고 있는 내게 재차 질문이 쏟아졌다.

"어때요, 만약에 판다면 얼마 정도 받을 수 있을까? 혹시 아주 값나가거나…… 그럴 가능성은 없어요?"

아, 역시 값을 알고 싶으셨던 것이었다! 어떻게 대답하면 좋을까 난감했다. 대답을 고르며 우선 슬쩍 웃는데, 다행히 동료가 상황을 정리하고 나섰다.

"아휴, 나는 언니한테 언제 만들어진 건지나 묻는 줄 알았지. 아빠, 박물관에서 일하는 사람들은 매매에 대해 조언해주는 거 금지되어 있어."

"에이, 그런 게 어디 있어?"

"진짜라니까?"

무안을 당하고 잠시 샐쭉해 있던 동료의 아버지는 조금 아쉬운 눈치로 도로 항아리를 들고 자리에서 일어나셨다.

사람들은 잘 모르지만 정말로 이 세상에는 '국제박물관협회'라는 것이 있고, 이 협회에서 정한 윤리강령은 전 세계의 언어로 번역되어 있으며, 그중 하나가 미술품 매매에 대한 조언을 금지하는 내용이긴 하다. 사실 나는 골동품 시세를 알지도 못하니 동료가 도와주지 않았어도 상황은 금세 끝났을 테지만.

일반인들이 한국미술사를 전공한 사람에게 기대하는 것은 총 세 가지다. 우리 집 골동품의 진위 감정과 시세 고지, 그리고 한문 해석. 지인들은 갑자기 중국집 벽에 붙어 있는 그림을 가리키며 "여기 뭐라고 쓰여 있는 거야? 해석해봐" 하고 나를 재촉하기도 한다. 한 술 더 떠 "오, 그럼 옛날 그림에 있는 한자들도 읽고 막 그러겠네?"라고 한다. 컴퓨터공학과 출신에게 컴퓨터 쇼핑을 도와달라고 하거나, 국문학과 출신에게 자기소개서를 봐달라고 하는 것과 비슷한 기대이다.

물론 이 세상에는 의외로 미술사를 공부한 수많은 사람들이 존재하고, 그중에는 처음 본 동양화의 제발을 술술 읽어 내려가는 사람이 있다. 그리고 세상에는 또, 미술사를 공부한 사람이 있다. 그리고 못 읽는 사람도 있다. 아휴, 더는 묻지 마세요.

동양화에는 화가가 그림을 완성한 뒤 쓰는 이름이나 도장이 찍힌 낙관 외에도 여러 가지 글이 더해진다. 그림 제목을 쓴 화제畵題, 제목 대신 주제를 시로 표현하는 제시題詩, 그림을 그리게 된 계기나 날짜 등을 적는 발문跋文 등을 아울러 제발題跋이라고 부른다. 옛 그림은 글과 그림, 낙관이 한데 어우러져 완성되는 것이다.

박물관이나 전시장에는 작품 아래나 옆에 제목과 작가명, 제작 연도와 짤막한 소개를 적은 팻말이 있다. 그런데 동양화는 이런 정보가 작품 안에 다 담겨 있다. 김홍도의 『단원풍속도첩檀園風俗圖帖』에는 이제 막 완성된 듯한 그림의 두루마리를 여러 사람이 함께 펼쳐 보는 장면을 그린 〈그림 감상審觀〉이라는 작품이 있다. 조선시대에는 이렇게 그림을 펼치기만 하면 그 자리가 전시회장이 되었을 것이다. 한문만 읽을 줄 안다면.

물론, 나는 읽지 못한다. '한자'를 아는 것은 한글이나 알파벳을 아는 것과 비슷하지만 '한문'을 아는 것은 다른 문제다. 글자도 알고 문장도 구사할 줄 알아야 하는 것이다. 또 영어를 잘해도 필기체를 못 알아보면 영어 문장을 읽을 수 없는 것처럼, 한문을 읽을 줄 아는 사람도 예스러운 전서체나 획획 흘려 쓰는 초서체는 따로 공부해야 한다. 반듯반듯한 글씨체인 해서체나 행서체는 겨우 알아보지만 초서체는 단 한 글자도 못 알아볼 때가 많다.

김홍도,
『단원풍속도첩檀園風俗圖帖』 중
〈그림 감상審觀〉,
조선 18세기,
국립중앙박물관

조선시대에는 이렇게 그림을
펼치기만 하면 그 자리가
전시회장이 되었을 것이다.

물론, 글만 읽을 줄 안다면.

이 모두를 읽고 싶다면, 그 모두를 각각 다 공부하는 수밖에 없다.

미술품이나 문화재를 소재로 한 영화나 드라마를 볼 때도 미술사 전공자의 수난은 계속된다. 대학 시절 한국미술사 수업에서 교수님이 고구려를 배경으로 한 사극에 조선 후기 양식의 청화백자가 나오더란 이야길 하며 혀를 차시곤 했다. 그때는 '어차피 드라마 아닌가?' 했지만, 아는 게 병이라고. 결국 학교를 졸업할 때쯤엔 나 역시 삼국시대 주막에서 백자 술병이 나오거나, 조선시대에 열심히 고려청자를 만드는 장인이 등장하면 적잖이 고통받는 사람이 되고 말았다. 드라마임을 알아도 시대적 오류를 참기가 괴로운 것이다.

"저거 봐봐, 천 년 뒤에 나오는 물건이 저 시대에 있으면 어떡해? 시간 차를 따지면 차라리 이방원이랑 정몽주랑 카톡하는 게 훨씬 덜 이상하다고."

사극을 볼 때마다 이렇게 중얼중얼 투덜거렸더니, 하루는 언니가 의미심장한 미소를 지으며 말했다.

"저기요, 미안하지만 보통 사람들은 저게 안 보이거

든?"

아니, 저게 저기에 저렇게 떡하니 나와 있는데 어떻게 안 보일 수가 있단 말인가.

"안 보인다고. 아예 안 본다고. 그냥 인물들이 방에 있구나 생각하지, 방구석에 있는 화분 재질이 뭔지 아무도 안 본다고! 주인공 얼굴 보기도 바쁜데 누가 찻잔 바닥을 쳐다보고 있겠냐, 이 미술사 덕후야! 조용히 좀 보자, 조용히!"

그렇게 호되게 욕을 먹은 뒤, 일반 시청자 코스프레를 연습했다. 화면에 뭐가 나오든 눈만 껌벅거리며 제일 잘생긴 배우만 쳐다보는 것이다. 삼국시대 인물이 조선시대 노리개를 차고 나오든, 고려시대 사람들이 가야시대 토기 잔으로 건배를 하든, 그런 건 일절 눈에 들어오지 않는 체하는 것이다. 어느 바닥이든 묻지도 않은 이야기를 늘어놓지 않는 것이 '덕후'의 가장 중요한 미덕이니까.

그래서, 효과가 좀 있었냐고요?

아, 사극 안 본 지 좀 됐습니다. 한 10년 된 것 같아요.

하나를 보고
하나를 생각하기

"예쁘지 않아요?"

이 토우를 처음 찾아보고 나는 옆에 있는 누구에게라도 말을 걸어 이렇게 묻고 싶었다. 이 유물의 모양은 조롱박 같기도 하고 구름 같기도 하고, 좋은 것을 가득 안고 멀리서 걸어오는 사람의 실루엣 같기도 하다.

파편으로 전해져서 원래 어떤 물건이었는지 알 수 없게 된 문화재들이 많다. 그러나 완전한 형태로 남아 있는데도 쓰임새나 모양을 분명히 알 수 없는 것들도 있다. 눈에 보이는 유물의 성격을 단정 지을 수 없다니 재미있기도 하고 매력적이기도 하다.

〈토우〉、
원삼국시대、
국립중앙박물관

이 토우는 완전한 형태로
남아 있는데도 쓰임새나 모양을
분명히 알 수 없다。단정 지을 수
없어서 매력적이다。

한눈에 아는 것이 지력이고 능력 같아 조바심을 내던 시절이 있었다. 대파밭이 되고 호박밭이 된 옛 가마터에서 굴러다니는 사금파리들을 가리키며 선생님이 "몇 세기 것 같아?" 하고 물으면 윙 소리가 날 것처럼 머릿속이 분주했다. "유약 색을 보니 몇 세기네요" "각도를 보니 항아리 조각이네요" 하고 단숨에 대답하고 싶었다. 실현된 적 없는 욕심이었다.

이제는 누구도 하나를 보고 열을 알 수 없다고 생각한다. 물론 수백 개 수천 개를 보고 겪은 사람들은 하나를 보고 열을 말해도 틀리지 않는다는 것은 안다. 정답을 외치고 싶은 초조한 마음을 내려놓은 대신 얻은 것은 묵묵한 여유이다.

내가 모르는 유물을 보아도 두렵지 않다. 그냥 본다. 크기와 재질과 모양과 빛깔, 눈앞의 대상을 천천히 바라본다. 내 세계는 아는 것과 모르는 것이 아닌, 본 것과 못 본 것으로 다시 짜였고, 나는 이전보다 더 너그러운 목표를 향한다. 하나를 보고 하나를 생각하기.

흑백의
시간
vs.
컬러의
시간

친구가 '요즈음은 문화재 그림들을 디지털로 복원해서 책을 만든다'고 알려주었다. 실물인 문화재를 어떻게 디지털로 복원하는지 궁금해서 찾아보았다. 상하거나 색이 바랜 부분을 포토샵 프로그램으로 보정해서, 새로 그려낸 것처럼 깨끗하고 화사한 이미지로 만드는 것이었다. 사진관에서 오래되고 구겨진 흑백사진을 스캔해 선명하게 보정해주는 서비스와 비슷한 개념이다.

실물과는 별개의 이미지를 만들어내는 것이니 '복원'이라기보다는 '재현'이라는 표현이 더 적합하겠다. 다만 작품마다 물감 색도 미세한 차이가 있고, 비단과 종이가 변색된 정도도 다를 텐데 디지털이미지만으로 원본의 색이 어떤지 판단할 수 있는 걸까.

그러나 콘텐츠로서는 원본성보다 보기에 좋은 것을 더 선호하는 사람들도 있을 것이다. 이제는 문화재도 '포샵'을 피해 갈 수 없는 시대가 된 건가 싶어 흥미롭기도 했다. 포지티브필름으로 촬영한 작품 사진으로 공부를 시작한 나는 착실하게 구세대가 되어간다.

내가 대학에 입학했을 때는 미술사 수업에서 모두 슬라이드 영사기를 사용했다. 슬라이드 영사기는 요즈음 사용하는 빔프로젝터와 비슷하다면 비슷한 물건이다. 다만 이미지나 영상을 컴퓨터나 휴대폰에서 가져오는 빔프로젝터와 달리, 슬라이드 영사기는 작품 사진이 담긴 필름을 플라스틱 슬라이드에 꽂고 이걸 원형 릴에 넣어 하나씩 넘기며 사용한다.

그렇다. 아날로그다.

이런 슬라이드 영사기 두 대를 나란히 놓으면 스크린에 그림을 두 점씩 띄울 수 있다. 요즘은 파워포인트나 키노트 같은 슬라이드 프로그램을 쓰면 한 화면에 이미지를 수십 점씩도 넣을 수 있다. 하지만 아날로그 방식으로는 그럴 수 없다. 영사기가 두 대면, 그림도 두 컷씩만 볼 수 있는 것이다.

그때의 수업 시간 풍경은 지금 생각하면 좀 재미있다. 영사기 양옆에 과 대표와 부대표가 리모컨을 쥐고 앉는다. "왼쪽 두 장 뒤로. 오른쪽은 한 장 뒤로" 하는 교수님 지시에 따라 슬라이드를 넘기는 역할이다. 가끔 교수님이 "아유, 순서가 잘못됐네. 오늘은 과 대가 고생을 좀 해야겠어" 하시는 날이면 그야말로 청기 백기 게임이 따로 없었다. "왼쪽은 세 장 앞으로, 오른쪽은 음, 두 장 뒤, 아니 한 장 앞으로" 하는 주문이 이어지거나, "그만 할 때까지 뒤로 넘겨봐" 하는 식이다.

영사기에 얹어놓은 슬라이드 릴은 한 칸씩 넘어갈 때마다 '철컥' 하는 소리가 난다. 부속들이 아귀가 맞아들며 내는 기분 좋은 소리다. 어둡고 고요한 계단식 강의실에 울리는 그 철컥철컥하는 소리가 대학 시절 들은 수업들의 표지 같은 기억으로 남아 있다.

내가 과 대표일 땐 리모컨 조종을 하느라 정신이 하나도 없지만, 그냥 수업을 들을 땐 마치 그 모든 게 ASMR처럼 아늑하게 정신을 감싸 온다. 하필 미술사 수업을 듣는 계단식 강의실은 의자도 푹신푹신해서 조금만 긴장을 풀면 어느새 꾸벅꾸벅 졸기 십상이었다. 몇 년 후 학과 수업이 모두 파워포인트 슬라이드에 빔프로젝터를 사용하는 것으로 바뀌었을 땐, 그제야 비로소 21세기를 다시 맞이한 기분도 들었다.

한국 대학들에 미술사학과가 자리 잡기 시작했던 1970~1980년대에는 미국 유학파 교수님들이 도입한 이 수업 방식이 그야말로 획기적이었다고 한다. 그때는 아직 많은 사람들이 흑백사진과 흑백텔레비전을 보던 시대였다. 20세기 중반에는 심지어 미술 도록조차도 가장 중요한 몇 점만 맨 앞부분에 원색(컬러) 사진으로 싣고 나머지는 흑백사진으로 싣는 일이 흔했다. 어려서부터 컬러사진이 더 익숙했던 우리 세대는 그 시절에 나온 자료들을 도서관 곳곳에서 손으로 넘겨보면서 비로소 이해하게 되었다. 강의실 한쪽 벽을 가득 채우는 컬러이미지가 충격적으로 선진적인 문물로 보였을 그 시대를.

그런데 대학원에 갔더니 더 놀라운 일들이 기다리고 있었다. 교수님과 박사 선배들은 흑백으로 찍힌 도자기 사진을 보고 그 도자기 색깔이 대충 어떻다는 걸 다 알아맞히는 것이었다. 그들은 심지어 망점이 보일 만큼 화질이 나쁜 흑백사진을 보고도, 도자기에 어떤 장식이 달리고 굽 모양은 어떻게 생겼는지를 가늠하기도 했다. 내 눈에는, 아무리 봐도 점무늬밖에 안 보이는데. 그 선배들은 공부를 시작할 때 흑백 인쇄물을 수없이 보아온 경험이 있었고, 나중에 컬러사진으로 다시 보고, 실물로 다시 보면서 얻은 데이터가 합쳐지며 일종의 메타데이터가 머릿속에 갖춰진 것이었다.

오히려 나는 고화질 컬러사진을 보아도, 내가 사진을 통해 보는 정보가 틀릴 수도 있다는 불안을 느꼈다. 조금 더 푸르스름한 사진과 조금 더 누르스름한 사진 중 무엇이 조명의 영향을 덜 받은 진짜에 가까운 색인지 확신할 수 없었다. 그래서 나에겐 흑백사진에서도 컬러를 읽어내는 선배들의 경험치가 내 세대에서는 도저히 넘지 못할 벽처럼 느껴지기도 했다.

하지만 흑백사진과 컬러사진 양쪽을 흡수하며 공부한 사람들이 갖게 된 신기한 눈처럼, 아날로그와 디지털의 과도기를 거쳐온 내 세대도 독특한 능력을 갖추고 있을지도 모른다. 그건 아마 눈을 완전히 믿지 않는 태도가 아닐까. 옛날엔 주로 색이 어둡고 화질이 낮은 이미지 중에 왜곡된 것이 많았다면, 이제는 오히려 더 크고 밝은 고화질 이미지들 가운데 가짜가 많아질 것이다. 그런데 내가 내 눈을 믿지 않으면 뭘 믿어야 하지? 천 년 가까운 시간 동안 까맣게 어두워진 고려불화를 보며 곰곰 생각하기도 한다.

박물관에서 함께 전시를 보던 남편이 물었다.

"현대미술 전시는 '작품이 질문을 던진다'라는 표현을 많이 쓰잖아. 그런데 박물관에서는 그런 식의 표현을 거의 못 본 것 같고 '~를 알 수 있다'고는 하더라. 왜 그런 거야? 유물은 질문을 안 해? 유물은 답을 주기만 하는 거야?"

나에겐 저 사람이 작품이다. 늘 질문을 던진다. 세게, 자주 던진다.

그가 툭툭 떨구고 간 질문을 머릿속 호주머니에 넣고, 이리 굴리고 저리 굴리는 것은 나의 일이다. 칼럼 마감을 핑계로 일요일 내내 집에 틀어박힌 날, 뿌리가 튀어나온 화분을 엎어 분갈이를 하며 최근 내가 유물에 던졌던 질문을 세어본다.

- 신라시대에 토우를 만들던 사람들은 누구였을까?
- 심사정은 왜 파란색 종이에 〈삼일포〉를 그렸을까?
- 얼마 전에 본, 조선시대 무덤에서 출토된 달걀들에선 어떤 냄새가 날까?
- 내방가사 필사 모임에서 완성한 엄청난 분량의 작품 은 누가 가졌을까?

알 법한데 몰랐던 것들을 도로 쫓아가는 생각의 길은 한바탕 비가 내리고 난 뒤의 시골길 같다. 구르는 바퀴는 진창 같은 당혹감에 푹푹 빠진다. 자칫 핸들을 잘못 움직 였다가는 공부 다 헛것이었다는 우울한 결론으로 쉽게 미 끄러진다. 그러나 주의 깊게, 조심스레 생각을 몰아가다 보면 이 엉성한 둑길도 끝이 난다.

막 갈아낸 커피 원두 위에 끓인 물을 조르르 부어 뜸을 들이며, 이번엔 지금까지 내가 유물에서 찾았던 답이 몇 개나 되는지 세어보았다. 분명히 답을 찾은 것 같은 순간 들이 있었는데, 그게 어떤 질문에 대한 답이었는지 모르겠다. '답을 쫓아왔는데 질문을 두고 온 거야' 하는 잔나비의 노랫말처럼.

학교에서 공부할 적엔 육하원칙 아래 답을 구하기 위해 고민하고 밤을 새우곤 했다. 그런데 이제 문화재들을 마주할 때, 내 마음에는 신호등 불빛 같은 짧은 대답만이 돌아온다. 조금 더, 아닐 수도, 그럴 수도……. 내비게이션 안내처럼 어느 길로 얼마나 가다가 어느 쪽으로 꺾어들고 멈출지를 알 수 있다면 얼마나 좋을까.

그러나 환한 길은 이미 다른 사람이 간 길이고, 조그만 골목길 하나라도 온전히 내 힘으로 찾아내고 싶다면 어둠 속을 서행하며 직접 헤매는 방법뿐이다. 그 빛을 따라 멈추기도 하고 걸어 나가기도 할 수밖에 없다. 그리고 아주 진하게 우러난 따끈한 커피를 한 모금 들이켜면서, 남편이 돌아오면 문 앞으로 뛰어가 외칠 답을 외워둔다.

"유물도 알고 싶은 게 있는 사람한테는 해, 질문을."

여러 해 전 미술 글쓰기 강의를 시작했을 때, 첫 수업부터 꾸준히 수강을 했던 학생 한 명이 조용히 물었다.

"선생님, 혹시 A라는 비평가 아세요?"

오랜만에 들은 이름이었지만 대번에 생각났다.

'으, 알지, 알아. A, 그 다혈질 아저씨!'

그는 내가 학부 때 들었던 미술비평 수업의 선생님이었다. 학과에서 비평을 가르치던 교수님이 안식년에 들어간 동안, 큐레이터이자 비평가였던 A가 임시로 강의를 맡았다.

"음 알지. 대학 때 수업 들은 적이 있어."

그리고 속으로 덧붙였다.

'수업만 들었게? 별 황당한 일도 다 겪었지.'

머릿속에 말들이 뭉게뭉게 피어났다. 그러나 거기서 말을 끝낸 게 천만다행이었다.

"저희 아빠세요."

"아, 그래? 몰랐네."

속으론 가슴을 쓸어내렸다. 휴, 쓸데없는 말 하지 않길 잘했다. 학생이 주말에 아버지와 대화를 하다 내 이야기가 나왔는데, 이름을 듣더니 아는 사람 같다고 했단다. 그런데, A가 말하기를 내 이름은 기억이 나는데 어디서 봤는지는 잘 모르겠다고 했다고.

"아, 그랬구나. 뭐 벌써 몇 년은 지났으니까."

무심하게 웃으며 대답했지만, 속으로는 기가 막혀서 발을 동동 구르고 싶을 지경이었다.

'잘 모르긴, 잘 모르고 싶으신 거겠죠.'

나를 떠올리면 지난 몇 년 동안 이불킥을 최소 열 번은 했을 게 분명한데, 어디서 봤는지는 잘 모르겠다니.

붙임성도 좋고 낙관적이던 딸과 달리, A는 다혈질에 거의 모든 말이 냉소로 가득 차 있었다(원래 냉소적인 사람은 냉소적인 타인을 견디지 못한다).

수업에서는 매주 비평문을 한 편씩 제출하고 피드백을 받았다. 어느 날 수업 전에 화장실에 다녀왔는데, 강의실 분위기가 좀 이상했다. 왜 자꾸 사람들이 쳐다보나 어리둥절한 내게 동기가 쪽지에 적어준 자초지종은 이랬다.

내가 과제만 제출하고 도망간 줄 안 A가 욕을 하며 그 자리에서 내 글을 박박 찢어 종이를 흩뿌렸다는 것이다. 책상 밑을 보니 정말 종잇조각들이 어지럽게 널려 있었다. 빈 책상에 놓인 과제를 보고 갑자기 대노하는 선생의 모습에 당황했던 학생들은, 출석을 부르기 전에 내가 룰루랄라 강의실 문을 열고 들어오는 모습을 보고 또 한 번 당황한 것이다. 당황한 A는 출석 체크 내내 얼굴이 붉었지만, 그날 수업을 마칠 때까지 끝내 자기 실수를 사과하지는 않았다.

나는 나대로 화가 잔뜩 나서, 한동안 과제를 내지 않고 강의실 뒤에 앉아 팔짱을 끼고 선생님을 노려보았다. 글 쓰는 일이 직업이면서 다른 사람의 글을 함부로 찢는 사람에게는 아무것도 배우고 싶지 않다는 생각이 들어서였다.

그러나 점점 제 풀에 화도 누그러지고, 이곳저곳 전시를 보러 다니다 보니 글을 쓰고 싶은 생각도 들어서 다시 과제를 내기 시작했다. 학기가 끝나갈 때쯤 박이소 작가의 전시를 보고 써 낸 비평문에 A는 "언젠가는 글쟁이가 될 거라고 확신"이라는 코멘트를 적어 돌려주었다. 싫은 사람에게 듣는 칭찬에는 반응하기 난감하다는 걸 그때 처음 알았다. 좋은데 좋아할 수도 없고, 내 칭찬인데 싫어할 수도 없고. 기분 좋은 티를 내지 않으려고 입술을 꽉 물고 집에 갔었다.

그랬는데, 어디서 봤는지 모르신다니요. 나는 태연한 체, 학생이 낸 과제에 밑줄을 그으며 말했다.

"뭐 하러 돈 주고 멀리 왔다 갔다 하며 수업 듣니? 아빠한테 배우지."

그러자 학생이 박장대소를 하며 대답했다.

"아, 선생님은 모르시겠지만 저희 아빠가 진짜 성격이 불같으셔서요. 절대 안 돼요, 절대."

나는 웃으며 속으로 대답했다.

'아니, 안단다.'

끝내 종강할 때까지 그와 툭 터놓고 화해하지는 못했었지만, 사실 그 수업에서는 미술 관련 일에서 가장 중요한 원칙 하나를 배웠다. 바로 시의성이다. 전시는 기획도, 비평도 시의성이 생명이라는 것. 여전히 나는 전시를 볼 때 시의성을 생각한다. 신문에 연재하는 원고지 15매 분량의 원고에서도 가장 중점을 두는 것은 시의성이다. 지금 그 전시가 일반 관람객들에게 어떤 의미가 있을지 하는 것이다.

미술 전공자들이나 애호가들은 알아서 보는 사람들이다. 그들은 모든 전시들에서 나름의 중요성을 찾아낸다. 그러나 정말 어쩌다 한번 박물관이나 미술관에 가보는 사람, 혹은 '그런 곳이 있는 건 알지만' 아직 한 번도 가보지 않은 사람들은 어떨까. 그 전시를 보는 것이 이들에게 무슨 의미가 있을까?

전시의 시의성을 따져보는 방법은 여러 가지이다. 왜, 지금, 이것이라는 세 단어를 이리저리 조합하며 자문자답해보는 것이다. 예를 들어 어떤 전시가 이 시점에 열리는 데 어떤 의미가 있을까를 생각할 때, 단 두 글자 차이로 완전 질문의 방향은 완전히 달라진다. 이런 전시가 왜 '지금에야' 열리는가를 감탄할 수도 있고, 이런 전시가 왜 '지금까지' 열리는가 탄식할 수도 있는 것이다.

지금 이 전시를 보는 게 나에게 어떤 의미가 있을지 생각해보는 것도 좋다. 궁금했던 전시를 보는 것일 수도 있고, 별 생각 없이 보러 왔다가 새로운 느낌을 받게 되는 것일 수도 있다. 전시를 재미있게 보고 싶으십니까? 시의성을 생각하며 보십시오. 눈길마다 느낌마다 감칠맛을 더해주는 마법의 양념이니까요.

어떤 전시가 좋은 전시일까. 꼭 보아야 할 사람이 대번에 생각나는 전시라고 생각한다. 반대로 지금 이 전시를 보면 상처받을 사람들이 너무 많이 떠오른다면, 아무리 훌륭한 작품들이 나와 있어도 의심스런 눈길을 던지게 된다. 물론 어떤 전시를 보느냐보다는 박물관이나 미술관에서 시간을 보내는 것만으로 마음이 회복되는 사람들도 있다.

그가 내게 던졌던 예언은 10년도 더 뒤에 결국 실현되었다. 그런데 10년이 지나 이루어지는 예언도 예언일까. 예언에도 시의성이라는 것이 존재할까.

"언젠가는 글쟁이가 될 거라고 확신."

'언젠가는'이 뭐람.

"같은 전시 또 보면 지겹지 않나요?" 하는 질문을 받을 때가 있다. 전시를 본 다른 사람들의 이야기를 듣는 것이, 몇 번이고 새롭게 전시를 보게 한다.

올해 초, '똑똑이'에 실릴 글을 다듬으면서 불상과 불화에 묘사된 손만 며칠을 들여다보고 다녔다. 조선시대에 전문적으로 불교미술품을 제작했던 승려 장인들의 손에 대한 글이었다. 특별전 〈조선의 승려 장인〉에 참여한 큐레이터가 '똑똑이'에 글을 내주시며, "승려 장인의 눈에 비쳤을 법한 각도의 작품 사진을 싣고 싶다"고 하셨다. 그래서 내가 이 작품을 제작한 장인이었다면 어떤 부분을 눈여겨보았을까 생각하며 다시 보았다. 그러자 또 전

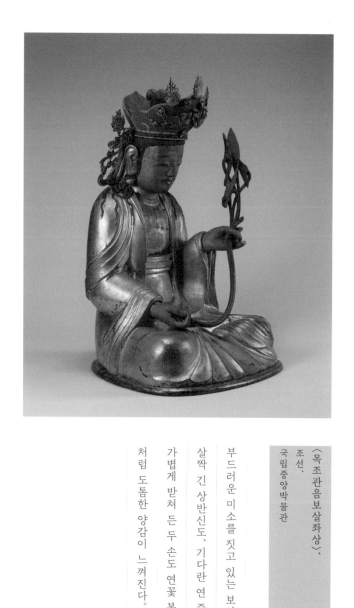

〈목조관음보살좌상〉,
조선,
국립중앙박물관

부드러운 미소를 짓고 있는 보살.

살짝 긴 상반신도, 기다란 연 줄기를

가볍게 받쳐 든 두 손도 연꽃 봉오리

처럼 도톰한 양감이 느껴진다.

에는 눈에 들어오지 않았던 불상의 구석구석이 다시 보였다. 부드러운 미소를 짓고 있는 보살의 살짝 기다란 상반신도, 긴 연 줄기를 가볍게 받쳐 든 두 손도 연꽃 봉오리처럼 도톰한 양감이 느껴지는 것이다.

그건 내가 '비스듬한 시선'이라고 부르는 것이다. 유물의 대표 이미지는 대개 정면에서 찍은 것. 우리가 제일 잘 아는 모습이다. 그러나 옆에서, 위에서, 아래에서 각도를 달리해 찍은 사진들을 보면 전혀 다른 인상을 받게 된다. 제작자가 된 것 같은 마음으로 여러 각도에서 요모조모 다른 부분을 톺아보는 것이다. 정면상에 익숙해진 눈의 근육이 시원하게 스트레칭하는 기분이 든다.

어쩌면 사람도 마찬가지일지 모른다. 우리가 하는 일들도 비슷할지 모른다. 나의 대표 이미지는 무엇일까. 사람들이 잘 모르지만 내 안에는 열심히 갈고닦고 있는 매력적인 부분이 있다. 한 가지 일에 익숙해지면서 사각지대로 밀려나버린 기쁨들도 있다. 나 자신을 바라보는 눈길의 각도를 어느 날 슬쩍 틀어보면, 그런 매력과 기쁨들이 선명하게 보인다. 좁아지는 시야를 계속해서 다시 넓히는 것. 비로소 나 자신을 박물관에서 일하는 사람이자, 글 쓰

는 사람으로서 인식하게 된 이후 계속 마음을 기울이는
부분이다.

　전시실에 있는 유물을 찍을 때에도 공간의 깊이가 드러
나도록 구도를 조금 사선으로 잡는 것을 좋아한다. 대표
이미지처럼 찍는 것보다는, 지금 여기에서 어떻게 공간과
어우러지며 보이는지를 기록하고 싶기 때문이다.

3

옛것에
담긴 온기

마
성
의

달
항
아
리

    국립중앙박물관에 있는 백자 달항아리 중에는, 항아리의 둥근 배 부분에 불그스름한 얼룩이 있는 작품이 있다. 티 없이 흰 달항아리도 그것대로 아름답겠지만, 그래도 나는 이런 개성이 있는 쪽을 더 좋아한다. 웃을 때 광대뼈가 예쁘게 도드라지는 말간 얼굴 같아서. 추운 겨울날에 바깥을 걸으며 재잘재잘 떠들다 보면 콧등부터 볼까지 빨갛게 얼어 있던 어릴 적 친구를 닮은 저 달을 좋아한다.

    달항아리는 위아래를 따로 만들어 붙인 것이다. 그래서 항아리 가운데를 자세히 보면, 붙은 자리의 선이 있다. 구슬처럼 매끈하게 표면을 매만질 수도 있겠지만, 저렇게 적당히 흔적을 남겨둔다. 저렇게 잘 보이는 자리에. 내게는 우리 도자기들의 그런 점이 더할 수 없이 사랑스러운 지점이다.

유난히 이음매가 또렷하게 남은 달항아리를 볼 때면, 전통 건축의 그렝이질 공법이 떠오른다. 자연석의 울퉁불퉁한 모양을 다른 재료에 옮겨 그린 뒤 깎아내어, 두 표면이 딱 맞춰지도록 가공하는 방법이다. 그렝이질을 해서 쌓은 불국사 청운교와 백운교의 돌 기단은 몇 해 전의 강력한 지진도 견뎌냈을 만큼 여전히 그 짜임새가 튼튼하다. 닿고 이어진 자리를 메꾸거나 바르지 않고 자연스럽게 그대로 드러낸 모양이 어쩐지 다듬지 않은 달항아리 이음매 같다.

조선시대로 가 이 항아리를 만든 사기장을 만날 수 있다면 이렇게 물어보고 싶다. "저것 좀 싹싹 다듬으면 어때요?" 그러면 "가마에서 잘 붙어 나왔으면 되었지 뭘 또" 하고 껄껄 웃고 가버릴까. 어쩌면 처음부터 하나로 만든 것보다 두 그릇이 한 그릇이 된 게 더 재미있지 않냐고 되물어 올 장난스런 이도 있지 않을까. 겨울에 붕어빵을 살 때 바삭한 가장자리가 많이 달려 있으면 신이 나는 것처럼, 보기에 덜 말끔한 그 부분이 오히려 달항아리에 고소

〈백자 달항아리〉,
조선,
국립중앙박물관

달항아리에는 두 팔을 펼친 품이

이제 막 맞닿은 순간을 바라보는 것

같은 조마조마한 설렘이 있다.

서로를 끌어당기거나 짓누르지 않고,

살며시 포개지는 천천한 모습。

한 맛을 더해주는 것일지도 모른다.

그러나 이것은 정답이 없는 문제라 누구에게나 달항아리를 자기 방식대로 바라보고 다가가 볼 여지가 있다. 이런 건지, 저런 건지, 궁리하며 마음을 쓰다 보면 바로 그 마음 한구석에서부터 이미 나와 달항아리는 친해져 있다. 뒤돌자 이미 정들어 있어 놀라고 마는 게 바로 달항아리의 마성이다. 이 친구 허술한 웃음으로 사람 마음을 낚는 무서운 녀석이에요.

이렇게 두 면을 맞붙여 만든 그릇으로는 분청사기 자라병도 있다. 둥글납작한 모양이 바닷속에서 발견한 크고 싱싱한 대합조개 같기도 하고, 커다란 손바닥 두 개를 포개 꽉 맞잡은 것처럼 보기에 흔쾌하다.

반면 달항아리에는 두 팔을 펼친 품이 이제 막 맞닿은 순간을 바라보는 것 같은 조마조마한 설렘이 있다. 서로를 끌어당기거나 짓누르지 않고, 살며시 포개지는 천천한 모습. 각각이었던 시간을 그대로 간직한 편안한 포옹. 달항아리의 이음매에는 언제나 그 어떤 로맨스보다도 애틋하고 우아한, 눈 뗄 수 없는 이야기들이 시작되고 있다.

내
가

고
른

외
로
움

　종종 옛 그림의 주제로 등장하는 '매화서옥梅花書屋'
은 매화에 둘러싸인 작은 집에 선비가 앉아 책 읽는 모습
을 표현한 것이다. 이 주제는 벼슬과 혼인을 마다하고 산
속에 은거하며 매화를 키웠다는 송나라 시인 임포林逋,
967~1028의 고사에서 비롯되었다. 그는 매화를 너무 좋아
해서, 300백 그루나 되는 매화나무를 집 주변에 빙 둘러
심고 가꾸었다는 이야기가 전한다.

　조선 말기 회화에서 유행한 '매화서옥도'들 중 〈설루상
매도雪樓賞梅圖〉는 19세기에 활동한 화가 김수철金秀哲이
그린 작품이다. 시원스런 세로 구도의 화면을 맑은 담색
으로 채운 이 그림은, 제목 그대로 눈 내린 절벽 위 작은

김수철、
〈설루상매도雪樓賞梅圖〉、
조선 19세기、
국립중앙박물관

그림 속 인물은 눈 내린 절벽 위
작은 집에서 혼자 매화를 보고 있다.
자연 속에서 사람이 지은 집과
다리는 간략하게 묘사되었다.

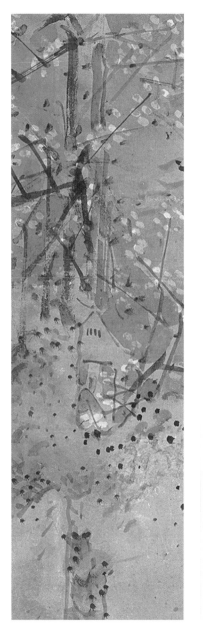

선비는 쓸쓸하다기보다는 충만해 보인다. 모든 것에서 멀리 떨어져 오직 눈 속에 핀 매화와만 가깝고 친한 그에게서 더없이 편안함이 느껴진다.

집에서 혼자 하염없이 매화를 바라보는 인물이 그려져 있다. 점과 선으로 대담하게 묘사한 자연 속에서 사람이 지은 집과 다리는 간략하게 묘사되어 있다. 이 작품에서 돋보이는 것은 고독이다.

높이 솟은 설산에서도, 강 너머 작은 마을에서도 멀리 떨어져 화면 왼쪽 하단에 있는 인물. 산속의 집을 찾아오는 다른 이의 기척은 느껴지지 않는다. 화면 가운데를 넓게 흐르는 강으로 인해 선비는 세상으로부터 더욱 고립되어 보인다. 그러나 그 모습이 쓸쓸하다기보다는 오히려 충만해 보인다. 모든 것에서 멀리 떨어져 오직 눈 속에 핀 매화와만 가깝고 친한 그에게서 더없이 편안함이 느껴지기 때문이다.

내가 고른 외로움은 아늑하다. 그래서 이 그림을 볼 때면 윤동주의 시 「돌아와 보는 밤」이 떠오른다. 힘든 하루를 마치고 자기 방으로 돌아온 뒤, 창을 열어 환기를 하고 불을 끄는 사람. 그 어둠 속에서 하루 동안 겪은 울분이 가시지 않고 다시 괴롭게 떠오를 때, 가만히 눈을 감고 '마음속으로 흐르는 소리'에 귀를 기울인다. 시의 끝은 이렇게 맺힌다.

"이제 사상이 능금처럼 저절로 익어가옵니다."

과실을 달고 단단하게 만드는 일교차처럼, 외로움은 설익은 마음을 고루 천천히 익힌다.

　식물을 기르다 보면 한 번쯤 토분을 모으고 싶은 마음
을 다스려야 할 때를 만나게 된다. 토분은 유약을 바르지
않고 구워내 통기성이 무척 좋다. 과습의 우려가 적으니
식물이 튼튼하게 자란다. 흙이 잘 마른다니, 내가 화분에
물을 제대로 준 게 맞는지 아닌지 불안한 초보 가드너들
에게는 이보다 솔깃할 수가 없다. 물을 잘못 줘서 식물 뿌
리를 썩힌 경험이 있는 사람들에겐 플라스틱 화분이나 도
자기 화분보다 훨씬 값이 비싸다는 토분의 단점은 단점도
아니다.

　그리고 예쁘다. 광택이 없는 토분은 비좁은 집 안에서
도 다른 물건들 사이에 알맞게 녹아들며 멋을 더한다. 이

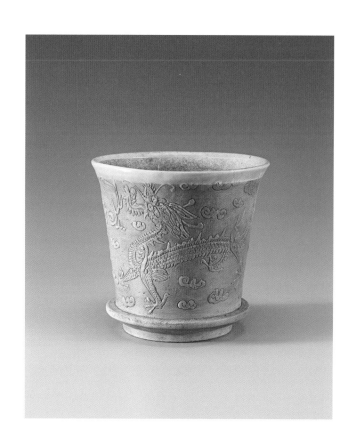

〈백자 노태 양각 구름용무늬 화분〉,
조선 19세기,
국립중앙박물관

백토를 사용해 용무늬까지
세밀하게 양각해 백자 바탕을
만들고는、유약은 입 주변에만
살짝 두른 이유가 궁금해진다.

제 막 토분에 눈을 뜬 사람들은 한동안 세상에 예쁜 토분들이 이렇게 많다는 데 놀라게 될 것이다. 그리고 이렇게 토분이 많아도, 내 맘대로 살 수가 없다는 데 다시 한 번 놀라게 될 것이다. 토분 브랜드들은 생산량이 적어서 제품이 입고되거나 예약 주문이 개시되기까지 몇 달씩 걸리기도 하기 때문이다.

19세기에 만들어진 이 화분에 조선시대 사람들은 뭘 심었을까 상상해본다. 높이가 18센티미터이니 물을 주러 들고 나르기에도 너무 크지 않고 딱 좋다. 작은 모종부터 제법 한 그루가 되는 분재까지 두루 심기 좋은 크기이다.

그런데 이 화분은 안쪽에 흙이 담기는 부분은 유약을 입히지 않았다. 이렇게 유약 없이 바탕이 되는 흙인 태토를 그대로 노출시키는 것을 '노태露胎 기법'이라고 한다. 백토를 사용해 용무늬까지 세밀하게 양각해 공들여 백자 바탕을 만들고는, 유약은 입 주변에만 살짝 두른 이유가 궁금해진다.

단순히 보기에 독특한 물건을 만들려던 것이라기보다는, 조선시대 가드너의 안목으로 탄생한 맞춤 제작 토분은 아니었을까. 뿌리가 예민한 식물을 키우기 위해, 특별히 통기성이 좋은 화분이 필요했는지도 모른다.

김정희의 〈세한도〉에는 둥근 창이 등장한다. 둥근 창
은 조선 후기 우리 건축에는 없던 것이지만 문인화 속 집
들에는 둥근 창이 나 있다. 이 창을 볼 때마다 선생님 한
분을 떠올린다. 동양미술사 수업에서 건축에 대해 설명
하실 때 창문이나 문의 프레임을 항상 짚어주시곤 했다.
공간 안에 모든 것을 만들어 담는 대신, 바깥에 있는 경
치를 빌려온다는 차경借景의 개념을 설명하기 위함이었
다. 풍경의 어느 부분을 빌릴 것인지, 어떻게 빌려올 것
인지 고민한 결과가 문의 위치와 크기, 문틀 모양에 담
긴다. 그러므로 창은 곧 이쪽에서 저쪽을 보는 방식임을,
나아가고 싶은 곳으로 문을 내고 내다보고 싶은 곳에 창

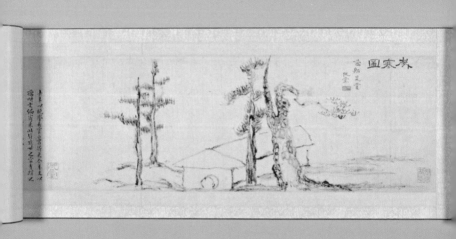

김정희,
〈세한도〉,
조선 1844년,
국립중앙박물관

창은 곧 이쪽에서 저쪽을 보는

방식임을, 우리는 내다보고

싶은 곳에 창을 낸다는 것을

나는 선생님을 통해 배웠다.

을 낸다는 것을 나는 선생님을 통해 배웠다.

2010년 5월. 대학원 3학기였다. 그때 한국미술사나 동양미술사 전공자들에게는 H 선생님 수업에 하는 발표가 매우 중요했다. 3학기 때 H 교수님께 어떤 평가를 받느냐가 곧 연구자로서의 역량을 가른다고. 나는 고대 중국의 '화상전畵像塼'을 발표 주제로 선택했다. 한대漢代(기원전 202~기원후 220)에 많이 만들어진 화상전은 그림이 들어간 전돌이라는 뜻이다. 벽돌 전塼 자를 쓰지만 백제시대의 〈산수문전〉처럼 넓적한 판 모양이다. 고대 신화나 풍속이 그려져 있기 때문에 재미있는 소재가 많겠다고 생각해서 발표 주제로 선택했지만 막상 자료 조사를 시작하고 보니 한국어 자료 중에는 기댈 만한 것이 많지 않았다. 대개가 중국어 아니면 영어로 쓰인 책과 논문 들이었다. 그나마도 도서관을 통해 원문 복사 신청을 하고, 초조한 기다림 끝에 자료를 받아야 했다. 자료를 손에 넣고 나면 다시 더듬더듬 글을 읽고 한국어로 정리하며 이해할 시간이 필요했다. 동기들은 "발표 주제 정하기 전에 자료 조사부터 했어야지" 하며 안타까워했지만, 기대했던 대로 재미있는 내용이 많았다. 몇 주 동안 『산해경』과 각종

사전들을 옆에 끼고 흑백에 가까운 사진들을 들여다보며 학교에서 밤을 새웠다.

동틀 때가 다 된 새벽, 집에서 눈을 좀 붙이려고 과 방이 있는 건물을 걸어 나갔다. 그때 건물 앞에는 라일락이 흐드러지게 피어 있었다. 꽃은 밤에도 향을 내뿜는데, 오가는 사람은 없어 무겁게 가라앉은 봄밤 공기. 두 시간은 잘 수 있을까 셈을 하며 바삐 걷다가, 그 향을 가득 머금고 있는 공기 속에 뛰어들었을 때, 숨 끝까지 밀려들던 진한 라일락 향기. 그해 기억의 전부.

"처음부터 완벽하게 잘 쓸 수는 없는 것이고, 그래도 목표는 아주 높은 곳에 두고, 노력은 긴 시간 계속해가는 것이다. 그러다 보면 어느 날 이미 자신이 그 이상으로 삼은 지점에 근접했음을 느끼고 뿌듯해하는 때도 온다."

연구자로 남지 않은 나는 교수님이 강조하시던 그 목표에도 뿌듯함에도 이르지 못하였다. 과분한 격려를 받았던 것조차 갚지 않은 빚처럼 우울의 원천이 되곤 했다. 그러나 다시 글을 쓰기 시작한 후, 훌륭한 글을 읽고 기가 죽고 그래도 관두고픈 충동을 참는 밤이면 찬 새벽의 짙은 라일락 향기와 H 교수님의 말씀을 떠올린다. 이제 밤은 새우지 않지만.

비색청자에 새겨진 문양들 가운데는 무늬라기보다는 표현이 정교한 단색 그림에 가까운 것들이 많다. 이 정병에도 버드나무와 갈대가 비스듬히 드리운 물가에, 물새가 수면 위를 빠르게 헤엄쳐 오는 풍경이 표현되어 있다. 도공은 조각을 할 때 칼날을 비스듬하게 눕혀서, 마치 붓으로 그린 듯이 선에 변화를 주었다.

나는 이 정병에 새겨진 물새들의 표현을 좋아한다. 기러기라기보다는 물에 젖은 원앙처럼 보이기도 하는 새들은 제각기 신나게 물놀이를 즐기고 있다. 버드나무 아래에 선 기러기는 개운하게 목욕을 하고, 물가로 아장아장 걸어 나와 푸드득하고 물기를 털어내는 모습이다. 한편

〈청자 양각 갈대 기러기무늬 정병〉,
고려,
국립중앙박물관

이 정병에는 물새가

수면 위를 빠르게 헤엄쳐 오는

물가 풍경이 새겨져 있는데,

표현이 정교한 단색 그림 같다.

버드나무 아래에 선 기러기는

개운하게 목욕을 하고,

갈대 쪽에 있는 기러기는 빠르게

헤엄쳐 내려오다가

갑자기 휙 하고 몸을 틀어 물결에

동심원이 퍼져간다.

갈대 쪽에 있는 기러기는 풀 쪽으로 빠르게 헤엄쳐 내려오다가 갑자기 휙 하고 몸을 틀고 있다. 이 순간적인 움직임의 변화는 기러기의 몸통을 따라 수면 위에 생겨난 물결에 그대로 반영되어, 물결 맨 밑에 동심원이 퍼져간다.

시간 가는 줄 모르고 바라볼 수 있는 재미난 모습. 그늘이 필요한 어느 오후, 순식간에 마음을 여름날 정경 속으로 데려다주는 작품이다.

학부 시절, 학교에서 주관하는 스케치 여행에 선발되어 금강산에 다녀온 적이 있다. 한국미술사 수업 진도는 이제 겨우 통일신라시대를 지나던 중이었지만, 설레는 마음에 도서관에서 김홍도나 정선의 금강산 진경산수 작품을 찾아보며 금강산 곳곳의 풍경을 눈에 익혀두었다.

그러나 이래저래 정세가 불안해진 바람에 여름방학에 예정되었던 여행은 계속 연기되었다. 결국 금강산으로 가는 버스에 오른 건 겨울방학. 계절마다 경치가 달라져 봄에는 금강산, 여름에는 봉래산, 가을에는 풍악산으로 불린다는 저 아름다운 산의 겨울 이름은 '개골산'. '모두 개皆' 자에 '뼈 골骨' 자가 들어간다. 단풍이 떨어지고 나뭇

가지가 앙상한 계절이 되면 산의 가파른 암석과 절벽이 죄다 뼈가 드러난 동물처럼 보인다 해서 붙은 이름이다. 나는 한겨울 매서운 추위 속의 그 개골산에 다녀왔다.

태어나서 한 번도 겪어보지 못했던 영하 20도의 날씨. 컨테이너로 만든 숙소는 외풍이 너무 심해서, 두꺼운 요를 끌어당겨 벽과 바닥 사이의 모서리를 막고 새우잠을 자야 했다. 심지어 벽 쪽에 머리를 두고 자면 새벽에는 정수리와 코끝이 시큰거려서 잠이 깰 정도였다.

그리고 올라간 금강산에는 태어나서 맛본 가장 매서운 겨울이 있었다. 한 모금 마실 때마다 10년씩 젊어진다던 삼록수는 꽝꽝 얼어 있었다. 실컷 공부하고 간 산수화 속의 구룡연, 연주담, 비봉폭포 모두 어디가 어딘지도 모르게 그저 다 바위나 얼음으로만 보였다. 사실은 한 학기 내내 책상물림으로 지내느라 학교 뒷산도 오르기 힘들어진 체력으로 금강산을 오르니 정신이 없었다. 낮에도 밤에도 추위에 시달린 통에, 하룻저녁 온천욕을 하며 몸을 녹인 시간이 유일하게 제정신으로 금강산을 즐긴 순간이었다. 노천탕에 들어가 앉아 있는데 눈송이가 하늘하늘 떨어지기 시작했다. 그 정취는 외풍이 쌩쌩 부는 숙소에 돌아오기까지였지만.

금강산 여행에서 제일 아쉬웠던 건 총석정을 못 보고
온 것. 동해에 갈 때마다, 밤새 파도 소리가 들려올 때마다
총석정叢石亭을 생각한다. 총석정은 바다에 걸쳐진 금강
산 끝자락 기슭으로, 용암이 식으며 기둥 모양으로 쪼개
진 바위들이 바다 위로 총총하게 서 있다. 다발 지어 솟은
바위 기둥에 저 세찬 파도가 촘촘히 부서지는 소리는 어
떨까.

1815년, 규장각 관료라는 자리를 내놓고, 부모를 가까이
서 모시고자 춘천으로 부임한 이광문李光文, 1778~1838은
이듬해 스물세 살의 궁중 화원 김하종金夏鐘, 1793~1875이후
을 데리고 금강산 여행을 다녀왔다. 유명한 궁중화원 김득
신의 아들 김하종은 10대 초반부터 화원으로 활동하고, 규
장각 파견 인재풀인 '자비대령화원差備待令畵員'으로 선발
되어 중요한 그림의 제작을 맡아 두각을 나타냈다. 이광문
은 규장각에서 근무할 때 김하종을 알아두었다가 여행에
데려갔을 것이다. 이렇게 제작된『해산도첩海山圖帖』은 최
고급 여행 기념 사진첩인 셈이다. 김홍도와 정선도 금강산

김하종、『해산도첩海山圖帖』 중 〈총석정〉、조선 19세기、국립중앙박물관

다른 화가들도 금강산 풍경을 산수화로 그리며 총석정을 여러 차례 묘사했지만、나는 김하종이 그린 총석정을 가장 좋아한다。이유는 가장 시원해 보여서。

풍경을 그린 산수화에서 총석정을 여러 차례 묘사했지만, 나는 김하종이 그린 총석정을 가장 좋아한다. 이유는 가장 시원해 보여서이다.

남해 가까이에 살다 막 서울에 왔을 때는, 사람들이 그리도 훌쩍 동해 여행을 떠나고 싶어하는 마음을 잘 이해하지 못했었다. 그러나 역시 동해에는 동해다운 푸름과 거센 파도와 바람이 있고, 거기엔 대도시의 답답함을 씻어주기에 딱 알맞은 시원함이 있다는 것을 이제는 나도 조금 알 것 같다.

그러나 동해 바다에서 어느 곳이라도 고를 수 있다면, 고른 대로 가볼 수도 있다면 역시 나는 강원도 통천의 저 총석정으로 가고 싶다. 바다는 잠시 보고, 정자에 스르르 누워 밤새도록 솔밭을 흔드는 바닷바람 냄새를 맡고, 총석 돌에 힘껏 부딪치며 부서지는 파도 소리를 듣고 싶다.

물론 그 계절은 여름이었으면 한다.

이육사의 시 「청포도」를 떠올리면 청포도 열매보다, 그 향기로운 즙이 묻은 하얀 모시 수건이 놓인 은쟁반이 먼저 떠오른다. 과즙에 '함뿍' 적신 두 손을 흰 수건에 닦는다는 것도, 손 닦을 수건을 은쟁반으로 받친다는 것도 너무도 사치스러운 아름다움이라 뇌리에 깊이 남았던 모양이다. 푸른 옥구슬로 만든 뚜껑의 꼭지가 꼭 청포도 알을 닮아서일까. 국립고궁박물관의 둥근 은제 주전자는 이육사의 시처럼 선명한 여름날의 정경으로 마음을 몰아가곤 한다.

한여름, 마루로 통하는 방문을 열어두고 마주 앉은 사

〈은제주자〉,
대한제국,
국립고궁박물관

둥근 은제 주전자는 이육사의

시처럼 선명한 여름날의

정경으로 마음을 몰아가곤 한다.

람들. 저 주전자에서 맑은 찬술을 따를 때는 얇은 수건으로 저 단정한 손잡이를 감싸 쥐었을 것이다. 피부에 갑자기 선득한 금속의 촉감이 닿지 않도록. 하지만 낮술이 익숙지 않아, 따라놓은 잔에 찬 기운이 다 가시도록 도란도란 이야기만 나누는 얼굴에는 앳됨이 남은 사람들.

바람에 매미 소리가 섞여 들려오는 순간 은주전자 겉면에 송골송골 물기가 맺혔다 또르르 방울져 흐르고, 아차 하고 웃으며 미지근해진 술잔을 고운 손에 들어보고. 그러다 술잔보다 포도와 복숭아, 참외, 수박, 달콤한 과즙이 넘치는 여름 과일들 쪽으로 자꾸만 손이 갈지도 모른다. 그런 풍경들을 가만히 떠올리다 보면 이 장면이 전생의 기억이었으면 좋겠다 싶다.

〈묘길상도妙吉祥圖〉는 조선 후기 문인 강세황의 벗이었던 허필許佖, 1709~1761의 그림이다. 1744년 금강산 여행에서 본 〈묘길상 마애불〉을 15년이 지나 기억을 더듬어 그린 작품이다. 과거에서 돌이켜내 그린 광경 속 부처는 실제 마애불과는 위치도, 자세도, 생김새도 전혀 다른 모습이다. 돌 위에 가부좌를 튼 듬직한 부처의 실제 모습은 온데간데없다. 그림 속 부처님은 머리 뒤의 큼직한 광배가 없다면 머리를 깨끗하게 깎은 호리호리한 스님처럼 보인다.

허필은 이 그림에 "금강산에서 〈묘길상〉을 본 적이 있다. 바위를 끊어 부처로 삼았으니 굉장한 솜씨더라曾於泰

小余先生作書出筆⋯⋯

為助其清朗遇此名之曰無

暑帖余得見於二年之後水

霜之節無暑二字今之肥膚

生案思得貢裘禎房⋯⋯

則丹青造化從此可見而余紀

翻集⋯⋯密排塞帖老筆已

退筆安得句回陽和噓出一

段春光耶與上舍晶治氏

幸毋以無檀敔憚省作終

為禳材之婦也

허필,
〈묘길상도妙吉祥圖〉,
조선 1759년,
국립중앙박물관

이 그림은 제발도 허필이 직접
쓴 것인데, 친구였던 화가
강세황의 걸작을 따라해보려다
망했다는 이야기를
유머러스하게 풀어낸다.

岳見妙吉祥斷巖爲佛自是乃家法"하는 담백한 낙관을 남겼다. 담배를 좋아한 그답게 연객煙客이라는 호도 곁들였다.

그런데 다른 한쪽에 써 내려간 제발은 사뭇 분위기가 다르다. 제발은 그림의 제작 경위, 해설, 감상평 등을 담은 그림 속 글이다. 작가 외에도 비평가나 감상자가 그림에 인장을 찍고 글을 써넣기도 하는 것이 옛 그림의 특징이다. 오늘날의 SNS로 치면 인장은 '좋아요', 제발은 댓글인 셈이다. 〈묘길상도〉의 제발은 작가 허필이 직접 쓴 것인데, 친구였던 화가 강세황의 걸작을 따라해보려다 망했다는 이야기를 유머러스하게 풀어낸다.

"정축년(1757년) 한여름에 강세황이 개성에 갔다가 『무서無暑』라는 화첩을 두 권 만들었다. 긴장하는 기색도 없이 붓끝으로 바람을 일으키듯 순식간에 그림을 그려냈다. 그 자리에 있던 이들이 그림의 맑고 시원함에 감탄해 '삼복더위도 싹 가신다'고 외쳐, 더위를 없앤다는 뜻의 『무서첩無暑帖』이라는 이름이 붙었다.

나는 이걸 2년 뒤에야 보았는데, 겨울이라 표지의 제목만 봐도 추워서 닭살이 돋았다. 가죽옷 껴입고 방 안에 있다는 상상을 해봐도 가라앉질 않는다. 그림이 조화를 부린다는 게 바로 이런 것인가 보다.

그래서 어디 나도 한 번 '추위를 이기는 화첩'으로『배한첩排寒帖』이라고 번안해볼까 했더니 내 붓은 벌써 늙고 지쳐버렸다. 이러니 시를 지어본들 따뜻한 봄을 불러올 수야 있겠나. 감히 강세황을 따라했다고 오언사가 버선 삼아 발에 신고 다니지나 않으면 다행인 그림이다."

이 너스레와 설레발은 이 그림을 받기로 되어 있던 지인 오언사吳彦思를 향한 방백이다. 한겨울 추위를 잊게 하는 그림을 그려보려던 허필의 야심을 알고 나면, 언뜻 이상해 보였던 그림이 이해가 된다. 스님처럼 머리를 깎은 부처님이나 석등 위에 둥지를 틀고 선 두루미는 본 지 오래되어 헷갈린 것이 아니라, 보는 이를 즐겁게 하기 위한 트릭 같은 것이었는지도 모른다. 그림을 펼쳐 본 오언사는 "아니, 이게 무슨 〈묘길상〉이야?" 하고 웃음을 터뜨렸을 것이다.

다른 사람이 나를 어떻게 생각할까. 어른이 되어도 담

담해지기 어려운 고민이 들 때 이 그림과 제발을 한번 들여다보곤 한다. "야, 내 그림 발에 신고 다니면 안 돼~" 하는 듯한 허필의 너스레에 다시 웃을 때마다, 내 마음 위로 덮인 단단한 얼음도 쩍 하고 금이 가는 기분이 든다. 웃음이 가진 온기는 진실로 추위를 이긴다는 것을 허필의 〈묘길상도〉에서 배우곤 한다.

백
자
의
색

한국이나 중국이나 일본이나, 도자기는 다 비슷비슷해 보이는데 어떻게 구별하냐는 질문을 받은 적 있다. 정확히 형태는 어떻게 다르고 색깔과 무늬는 어떤 차이가 있는지 한눈에 알 수 있게 제대로 설명해놓은 책이 없는 것 같다고.

이제 막 미술품에 관심이 생긴 참이라는 그분의 질문을 받고 나는 잠시 말문이 막혔다. 우선은 세상에 그런 책이 정말 있는지 없는지 나도 확신할 수 없었다. 왠지 있을 것 같다. 아주 높은 확률로, 어쩌면 여러 권이 존재할지도 모른다는 생각이 들었다. 그다음으로는 그런 책이 있다 한들 과연 얼마나 도움이 될까 하는 자문과 도움이 될 리가 없으리란 자답이 차례로 떠올랐다. 그리고 정말 한 권으로 동아시아의 도자기들을 뚝딱 가려낼 수 있는 감식안을 얻을 수 있다면 부디 나도 좀 사서 읽어봤으면 하는 헛된 생각까지 머릿속을 스치고 갔다. 고심 끝에 내가 내놓은 대답은 너무 뻔해서 조금 죄송할 정도였다.

"글쎄요, 우선은 많이 보시는 수밖에 없지 않을까요."

가령 누가 글과 사진으로 다섯 가구의 구성원들 생김새를 요모조모 비교하며 설명했다고 치자. 그러나 밑줄을 긋고 별표를 쳐가며 그걸 외워보았자, 어느 날 길에서 처음 마주친 사람이 몇 번째 집 누구인지 알아볼 수 있을까?

세 줄 요약 기사, 고전 다이제스트, 요약본 드라마를 좋아하는 세상에서, 얼핏 '그게 그거 같은' 유물들을 한 점 한 점 들여다보는 일은 어쩌면 참을 수 없을 정도로 지독하게 비효율적일지도 모르겠다. 하지만, 박물관 3층에 자리한 조선 백자와 중국 백자를 번갈아 보며 생각한다. 역시 많이 보는 수밖에 없다고.

도자기의 빛깔은 바탕이 되는 흙인 태토胎土 색에 유약층의 빛이 겹쳐져 결정된다. 조선 초기 만들어진 백자들

〈백자 전접시〉、
조선、
국립중앙박물관

바라보고 있으면 명치 부근까지
오스스하게 서늘한 기운이 끼쳐
오는 것 같은 이 설백색에서는
새로운 일을 시작하는 시기의
긴장감이 느껴진다。

의 유태에는 특유의 푸르스름한 기운이 감돈다. 중국 도자기 산지의 최종 보스 격인 경덕진景德鎭 가마에서도 북송 대부터 청백자라고 불리는 푸른 백자들을 만들었지만, 거의 청자에 가까운 푸른색이라 우리 백자의 서늘한 푸른 기氣와는 다른 빛깔이다.

누가 보아도 하얀색인데, 살짝 그늘지듯 비치는 파르스름함이 정말 한겨울 움푹움푹 발자국이 팬 눈밭의 빛깔 그대로이다. 바라보고 있으면 명치 부근까지 오스스하게 서늘한 기운이 끼쳐오는 것 같은 그 설백색에서는 새로운 일을 시작하는 시기의 긴장감이 느껴진다.

한눈에 다 보고, 한 귀로 다 듣고, 한 번에 모든 것을 알고 싶은 조급한 마음은 어쩌면 처음 보는 것들 앞에서 느껴지는 긴장감과 한 쌍일지도 모르겠다. 칸칸이 표로 정리한 특징을 외우고 싶어하던 그분도, 이 백자의 선득선득한 빛을 직접 눈에 익히시면 좋겠다. 이 빛이 어디서 온 것인지 알려면, 우선은 빛을 마주해야 하지 않을까. 그런 사람들에게 이 조선 전기의 백자들은 새로 덮인 눈을 밟고 나아가라는 듯한 용기와 선선한 평안을 줄 텐데.

병의 앞뒤에는 능화(마름꽃) 모양 틀 안에 삐죽하게 솟은 매화 가지가 하나씩 그려져 있다. 나무 전체가 아닌 나뭇가지 하나를 클로즈업으로 표현하고, 나머지는 고운 유태의 흰 빛깔 그대로 남겨 병 전체에 시원한 맛이 넘친다. 맑은 늦겨울 아침에 남쪽으로 난 작은 창을 빠끔히 열었다가 제일 먼저 핀 꽃가지 하나를 발견하고는, 하염없이 창밖을 내다보는 기분도 든다.

〈백자 청화 매화무늬 병〉,
조선 18세기,
국립중앙박물관

나뭇가지 하나를 클로즈업으로
표현하고, 나머지는 고운 유태의
흰 빛깔 그대로 남겨 시원한
맛이 넘친다.

씩씩하고
좋은 기운

조선시대에는 경기도 광주에 관영 가마를 두고 왕실과 관청에서 쓸 도자기를 생산했다. 이 관요官窯는 오늘날로 치면 공기업이나 공사 같은 것인가 싶을 수도 있다. 오늘날 박물관이나 미술관에서 보는 질 좋은 도자기, 특히 백자는 거의 대부분이 이 관요에서 만들어진 것들이다.

17세기에는 거듭된 전란을 겪느라 도자기를 만드는 여건도 몹시 나빴다. 중국에서 수입하던 청화 안료도 수급이 막히며, 왕실용 백자까지 청화 대신 갈색 철화로 장식할 수밖에 없었다. 그릇을 만들 재료도, 만들 사기장도, 그림 장식을 할 도화서 화원도 부족한 최악의 상황에서 만들어진 철화백자는 이전 시대의 것들과 비교하면 보기가 안쓰러울 정도이다.

그래서 철화백자는 청화백자보다 질이 떨어진다는 인식이 있지만, 반드시 그렇지만은 않다. 청화보다 철화로 그리는 것이 더 적합했겠구나 하는 생각이 드는 뛰어난 철화백자들도 전해진다. 특히 조선시대 철화백자 중에서도 손꼽히는 명작이 바로 이 항아리이다.

항아리에 무척 품위가 넘친다. 꼭 멋진 그림이 들어가서만은 아니다. 과장된 느낌 없이 벌어진 어깨, 아래로 갈수록 날씬하게 좁아지다가 바닥 바로 위에서 안정감 있게 반전을 보여주는 형태. 길고 낙낙한 웃옷을 맵시 좋게 여미고 선 사람의 모습 같다. 철화 안료가 거의 농담의 변화 없이 짙게 칠해져, 흑백만화 같은 인상도 준다.

그 위에 그려진 포도와 원숭이는 좋은 일이 생기길 비는 의미로 사랑받았던 길상吉祥 무늬들이다. 포도는 한 송이에 여러 개의 열매를 다글다글 맺는 과일이라 자손 번창을 의미했고, 원숭이 후猴 자는 제후를 뜻하는 후侯와 발음이 같아, 높은 관직에 오름을 상징했다.

재미있는 것은 포도가 원숭이보다 훨씬 크게 그려져 있

원숭이에게 담겨 있는 것 같다.

씩씩하게 화면을 누비는

하기를 바랐던 마음이 거칠 것 없이

한번 관직에 나아가면 승승장구

〈백자 철화 포도 원숭이무늬 항아리〉,
조선 17세기 후반~18세기 전반,
국립중앙박물관

다는 점이다. 긴 팔을 쭉 뻗어 포도덩굴을 휘어잡고, 이쪽 가지에서 저쪽 가지로 넘어 다니는 원숭이의 모습이 경쾌하면서도 리드미컬하다. 한번 관직에 나아가면 승승장구하기를 바랐던 마음이 저 거칠 것 없이 씩씩하게 화면을 누비는 원숭이에게 담겨 있는 것 같다.

내게는 잘 풀리기를 기원하고 있는 친구가 있다. 내가 해줄 수 있는 것은 힘이 날 만한 든든한 식사를 한 끼 같이하는 것, 그 외에는 오직 진심으로 기원해주는 것뿐이다. 그래서 나는 이따금 이 철화백자를 볼 때마다 원숭이에게 부탁한다. 그 씩씩하고 좋은 기운을 부디 내 친구에게도 나눠주렴. 망설임 없이, 주저함 없이, 자기 기회를 잡아 날아다닐 수 있도록.

잉크병을 한자로는 묵호墨壺, 우리말로는 먹항아리라고 부른다. 벼루에 먹을 갈아 만든 먹물을 이 먹항아리에 옮겨놓고 쓰는 것이다. 조선 후기에 만들어진 이 먹항아리는 아래로 갈수록 살짝 넓어지는 네모 모양이다. 높이와 지름이 엄지손가락만 한 작은 물건이지만 이런 모양 덕택에 쉴 새 없이 팔이 움직이는 책상 위에서도 옷자락에 걸려 넘어질 염려가 없을 것이다.

이 항아리의 기특함은 입구 옆에 당당하게 차지하고 엎드린 조그만 용에도 있다. 한글로는 도마뱀이라고 풀어쓰기도 하지만, 사실은 교룡蛟龍이라고 부르는 상상 속 동물이다. 그려 넣을 자리가 많이 필요한 용에 비해, 몸이 가

늘고 작은 교룡은 공예품의 바듯한 여백에도 맞춤하게 들어맞아 전통 문양으로 사랑받았다. 조선 후기에 만들어진 문방구들에도 덩굴처럼 몸통이 가느다란 교룡 장식이 많이 쓰였다.

눈과 등, 꼬리로 이어지는 오톨도톨한 무늬는 교룡의 등에 있다는 푸른 무늬를 표현한 것이기도 하지만, 또 다른 기능이 숨어 있다. 먹항아리에 붓을 담가 먹물을 적신 뒤에 붓끝을 교룡의 등허리에 대고 살짝 눌러 먹물 양을 조절한다. 붓털에서 흘러나온 먹물은 엠보싱 무늬 사이의 골로 모이며 깔끔하게 다시 먹항아리 안으로 떨어진다.

붓글씨를 써본 경험이 있다면 알 것이다. 아주 작은 한 방울이라도 먹물을 잘못 흘리면 손부터 옷소매, 책상 위까지 순식간에 엉망이 된다는 것을. 이 먹항아리 위의 교룡에는 심심한 소품에 보는 맛을 살려주는 힘과, 문방구로서의 실용성도 살리는 센스가 고루 담겨 있다.

먹항아리는 문방사우文房四友에는 끼지 못한다. 하지만 이 귀여운 물건의 주인은 글방에 먹항아리까지 총 다섯의 친구를 두고 지냈을 것이다. 제 무게중심으로 주변의 휩쓸림을 견뎌내는 존재는 곁에서 보는 이의 마음에도 안정

〈백자 청화 교룡장식 먹항아리〉,
조선,
국립중앙박물관

이 항아리의 기특함은 입구 옆에

당당하게 차지하고 엎드린 조그만

용에 있다. 붓끝을 교룡 등허리에

대고 살짝 누르면 먹물 양을

조절할 수 있다.

감을 더해준다. 게다가 늘 정결하고 알뜰해서 같이 지내
면 골치 아플 일도 없으니, 귀히 여김을 받는 좋은 친구가
되었을 법하다.

윤기 없는
따스한 손

분청사기의 가장 큰 매력은 말끔한 청결감이라고 생각한다. 사람마다 청결이라는 말에서 떠올리는 인상은 다를 테니, 티 한 점 없이 광택이 자르르한 백자나 청자가 더 깨끗해 보이지 않나 하고 갸웃하는 사람도 있을 것 같다.

새하얗게 반질반질 빛나는 욕실이나, 에탄올을 뿌려 닦은 스테인리스스틸 선반 같은 청결함을 말하는 것은 아니다. 분청사기를 볼 때 내가 떠올리는 깨끗함은 거즈나 리넨 종류에서 느껴지는 깨끗함과 비슷하다. 싹싹 비벼 빨고 탁탁 털어서, 쨍쨍한 햇빛에 널어 말린 헝겊에서 느껴지는, 사람의 수고를 알아보게 하는 청결감.

분청사기를 볼 때 내가 떠올리는

깨끗함은 쨍쨍한 햇빛에 널어

말린 헝겊에서 느껴지는,

사람의 수고를 알아보게 하는

종류의 것이다.

〈분청사기 귀얄무늬 대접〉,
조선,
국립전주박물관

그리고 물 닿는 일을 하는 이들의 손을 떠올리게 한다. 기차역 승강장에서 내 손을 꼭 잡아주는 엄마의 손이나, 어릴 적 잡아본 할머니의 손. 내 손은 손가락 마디가 굵은 엄마 손과 손바닥에 땀이 없이 부숭부숭한 아빠 손을 골고루 닮았다. 거친 붓결대로 백토가 묻어난 귀얄무늬를 보면 윤기는 없지만, 그런 따뜻한 손들이 떠오른다.

동일본대지진이 일어난 해 봄, 교토에 홀로 긴 답사를
다녀왔었다. 교토와 인근 교외에 있는, 한국 도자기를 소
장한 작은 박물관과 미술관 들을 샅샅이 찾아다녀 보는
것이 목표였다. 아침부터 오후까지 일본어로 소개된 전시
만 보며 혼자 돌아다니다 보면, 과부하가 걸려 사람을 만
나도 말이 잘 나오지 않았다.

즐겁고도 외롭던 그 답사를 생각하면 먼저 떠오르는 게
침향이다. 작은 사립미술관 중에는 전시실 바닥이 다다미
나 마룻바닥으로 되어 있어, 신발을 벗고 들어가는 곳들
이 있었다. 그런 곳들은 어김없이 전시실에서 향냄새가
복복하게 풍겼다. 그 향이 너무 좋아서 향 도구를 파는 가

게에서 침향이 아주 조금 들어간 선향도 한 상자 샀었다. 하지만 진짜가 아니라설까. 그 '침향 같은 향'이 나는 선향을 다 태워 없애는 동안, 깊고 그윽한 진짜 침향의 기억만 오히려 더 선명해졌다.

내 성격이 참 달랑달랑하다는 것을 스스로 깨닫는 순간 중 하나가 집에서 향을 피울 때이다. 향 하나가 다 타는 짧은 동안도 기다리지 못하고 나는 긴 유리관으로 된 향로를 들고 집 안을 이리저리 돌아다니곤 한다. 좋은 향이 집 곳곳에 골고루 배면 좋겠다는 욕심 때문이다. 물론 잠깐 잠깐씩 풍기고 다니는 걸로는 어림도 없는 일이지만.

오늘날 우리가 사용하는 향로는 대개 화로처럼 자리에 두고 쓰는 형태이지만, 옛날에는 손잡이나 사슬을 달아 손에 들고 돌아다닐 수 있는 향로들이 있었다.

향로에서 향이 담기는 몸체 부분을 향신香身이라고 부른다. 이 향로의 받침에는 고려 1077년 '대강삼년大康三年'에 만들어졌다는 글자가 새겨져 있다. 연꽃봉오리를 향신으로 삼고, 받침은 연잎, 손잡이는 연꽃줄기 모양으로 만

〈「대강삼년」이 새겨진
연꽃 모양 청동 향로〉,
고려 1077년,
국립중앙박물관

연꽃봉오리를 향신으로 삼고,

받침은 연잎, 손잡이는 연꽃줄기

모양으로 만들었다.

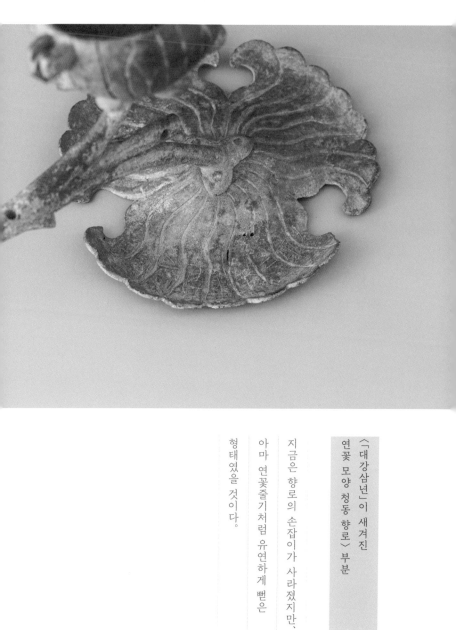

〈「대강삼년」이 새겨진
연꽃 모양 청동 향로〉 부분

지금은 향로의 손잡이가 사라졌지만,

아마 연꽃줄기처럼 유연하게 뻗은

형태였을 것이다.

들었다. 지금은 손잡이가 사라졌지만, 아마 연꽃줄기처럼 유연하게 뻗은 형태였을 것이다.

불교 의식에서 향로를 들고 절 안을 천천히 돌며 부처에게 향 연기를 바치는 것을 '행향行香'이라고 한다. 이동식 향로들은 이 행향에 쓰기 알맞은 모양이었을 것이다. 향은 인도에서 더운 기후로 인한 나쁜 냄새를 없애기 위해 피우기 시작했단다. 물론 소원을 빌 때, 부처가 머무는 공간을 향기로 채우는 정성에는 그곳을 깨끗하게 정화한다는 의미도 있었다.

오늘도 나는 향 하나가 다 타길 진득하게 기다리지 못하고, 향로를 들고 방과 거실, 주방을 오갈 뿐이지만.

임금님이 보고 계셔

현판은 공간의 이름표다. 액자를 걸듯, 문이나 벽에 거는 판이기 때문에 '걸 현懸' 자를 쓴다. 반면 일제강점기에 일본어에서 전해진 말인 간판은 '볼 간看' 자를 쓴다. 둘 다 공간에 대한 정보를 다른 사람들에게 전달하는 기능이지만, 현판은 공간의 주인 쪽의 물건이고, 간판은 밖에서 그 공간을 바라보는 사람 쪽의 물건인 셈이다.

조선의 궁중에서 현판은 왕의 생각과 마음을 만백성에 드러내는 기능을 했기에 쓰임에 따라 목재, 나무판자 모양, 글씨 색, 테두리와 장식을 모두 달리하여 만들었다. 장식이 크고 화려할수록 더 귀한 곳에 걸렸던 현판이다. 테두리든 무늬든 조각 장식이든 없는 것보다는 있는 것, 장

御筆
戶曹
節用當以
均貢愛民
甲寅八月初十日
睿下

〈호조에 내린 칙유를 새긴 현판
(영조 어제어필)〉,
조선 1734년,
국립고궁박물관

이 현판을 만든 사람은 편집

디자인의 고수임이 틀림없다.

디자인을 하나하나 뜯어보면,

웃음기라고는 없이 느릿느릿

엄포를 놓는 왕의 목소리가

들려오는 기분이 든다.

식이 적은 것보다는 많은 것이 더 격이 높다.

현판의 격을 가장 쉽게 알아보는 방법이 글자 색은 무엇인가, 현판 글씨를 누가 썼는가를 보는 것이다. 글자 색으로 최고는 금색이고, 다음으로 황색, 흰색, 검은색으로 급이 나뉜다. 누가 글씨를 썼는가를 따지자면, 말할 것도 없이 임금이 쓴 어필御筆이 가장 귀하다. 현판은 이렇게 수많은 선택지 속에서 최적의 디자인을 구현해 전하는 메시지이다. 그러니 어떤 현판에서는 글씨 주인의 성품이 보이고, 목소리까지 들리는 기분이 드는 것도 무리가 아니다. 국립고궁박물관에는 영조 어필 여러 점이 있는데, 그중 영조 10년에 국가재정을 담당하는 호조에 당부를 내린 현판은 그야말로 영조 그 자체다.

"씀씀이를 아껴 힘을 쌓고, 세금과 공물은 균등히 하여 백성을 사랑하라節用蓄力 均貢愛民"는 내용은 왕이라면 할 법한 잔소리 같기도 하다. 그러나 이 현판을 만든 사람은 편집 디자인의 고수임이 틀림없다. 디자인을 하나하나 뜯어보면, 웃음기라고는 없이 느릿느릿 엄포를 놓는 왕의 목소리가 들려오는 기분이 든다. 장식 없는 검은 목판에 새긴 글씨는 크지는 않지만 아주 또렷하게 돋을새김했다. 게다가 행간은 얼마나 넓게 띄웠는지! 여기 몇 줄 쓴 게 절대 하고픈 말의 다가 아니라는 듯이 말이다. 아마 관리들은 저 행간에 숨은 많은 말들을 짐작하며 긴장했을지도 모른다.

과연 이 현판은 호조의 어느 방에 걸려 있었을까 상상해본다. 아침저녁으로 저 현판 위로 돋을 새긴 글씨의 그림자가 길게 드리울 적마다, 마치 임금의 그늘진 얼굴 아래 '근태'를 확인받는 기분에 호조 직원들의 어깨가 더 뻐근하지 않았을까.

커다란 파초芭蕉 이파리를 뜯어다 놓고, 쪼그려 앉아 잎 위에 글씨를 쓰는 선비. 바위 옆에 낮은 책상을 가져다놓고 문구와 찻주전자를 차려놓은 것을 보니 뜰이 곧 서재인 사람인 모양이다. 조선 후기 화가 이재관李在寬, 1783~1838의 〈파초하선인도芭蕉下仙人圖〉. 이 그림의 제목은 파초 아래에 있는 선인이라는 뜻이다. 중국 당대唐代의 서예가 회소懷素가 파초잎에 글씨 연습을 했다는 이야기에서 유래한 '회소서초懷素書蕉'라는 주제를 담은 그림이다.

이 그림의 제발은 모두 이재관의 친구 화가들이 써준 것이다. 그림 오른쪽 위에는 조희룡이 "파초잎 위에 시를 쓰다芭蕉葉上揭題詩"라는 제목을 써주었고, 왼쪽에는 강진

姜溍이 그림 해설을 붙여주었다.

"파초잎 펼쳐놓고 몽당붓 쥐고서 선뜻 시를 써내는 것
은 예부터 한가히 시간 삭이는 방법의 하나였다. 하나 저
표정과 붓 쥔 모습, 앉은 자세, 곁에서 먹 가는 시종까지
도 중요한 큰일 대하듯 열심이다. 이미 이 사람 붓놀림은
신의 경지에 다다랐구나."

회소는 연습용 종이를 살 돈이 없어, 널빤지나 칠기 소
반 위에 글씨를 쓰고 또 썼다고 한다. 소반이 닳아 구멍
이 날 정도로 집요하게 연습하던 그는, 결국 '지속 가능
한' 공급처로 파초에 눈을 돌린 것이다. 승려 서예가였던
회소는 암자 주변에 파초를 여러 그루 심고 넓적한 이파
리를 종이 대신 썼다고 한다. 기후가 맞는 곳에선 단 몇십
그루만 심어도 매일 쑥쑥 자랄 테니 파초잎을 뜯어다 날
마다 연습장을 삼기에는 부족하지 않았을 텐데, 옛날이야
기답게 허풍이 더해져 그 수가 수천 그루가 되기도 하고,
만 그루가 되기도 한다. 그래서 그가 머물던 암자는 파초
잎 때문에 하늘이 초록빛으로 보일 정도라고 하여 녹천암

이재관,
〈선인도仙人圖〉 중
〈파초하선인도芭蕉下仙人圖〉,
조선 18세기 후반~19세기 초,
국립중앙박물관

이 그림은 재능을 버리지 않고

성장을 멈추지 않는

파초 같은 이들에 대한 격려와

위로처럼 보이기도 한다.

綠天菴이라는 별명이 붙었다고도 한다. 아니, 종이 살 돈도 없는데 파초 만 그루 심을 땅은 어떻게 가질 수 있었던 걸까. 회소는 당나라 하우스푸어였나. 그런 부질없는 농담을 꾹 참아내고 나면, 매일 파초를 돌보며 크고 잘생긴 파초잎을 고르는 서예가의 모습을 떠올려보게 된다.

이재관의 그림에 강진이 쓴 제발에는 '패필敗筆'이라는 단어가 나온다. 연필심이 다 된 몽당연필처럼, 털이 상하고 끝이 닳아 못쓰게 된 몽당붓을 뜻하는 단어이다. 요즈음 전해지는 고사에는 파초잎 이야기만 남았지만, 옛날에는 회소가 붓조차 낡은 몽당붓을 사용했다는 구체적인 설정이 전해졌던 모양이다.

이 작품을 그린 이재관은 어릴 적 아버지를 여의고, 생계를 위해 독학으로 그림을 익혔다. 일이 잘 풀린 덕에 스무 살에 '흔연관欣然館'이라는 스튜디오도 차리고 다른 화가들과 활발하게 교류하는 이른바 인싸 화가가 되었다. 그러나 이끌어줄 스승도 없이, 넉넉지 않은 처지의 젊은 예술가가 자리를 잡기까지는 예나 지금이나 막막하고 서러운 순간이 많았을 것이다. 돈이 없다고 회소처럼 종이 대신 파초잎을 뜯어다 쓸 수도 없었을 것이다. 조선 후기에 파초는 선비들이 가드닝 취미를 위해 기르는 값비싼 수입 식물이었다. 본래 열대식물이라 온대기후인 조선에서는 그리 쑥쑥 자라지도 않았을 테니 고생이 짐작되고도 남는다.

본래 총 여섯 폭으로 된 〈선인도〉 중 유독 이 작품 안에서 화가 이재관의 모습이 겹쳐 보이는 것은 그래서일지도 모르겠다. 강진이 쓴 제발처럼 누군가는 여가로 즐기던 파초잎에 글쓰기를, 선비는 큰일을 다루듯 진지한 자세로 해내고 있다. 이미 신의 경지에 이른 솜씨를 지녔음에도 여전히 계속 연습하고 실력을 닦는 노력을 그치지 않는 것이다.

커다란 잎이 계속 자라나는 파초를 옛사람들은 쉼 없는 정진과 수양의 상징으로 여겼다. 이재관이 그린 회소의 그림은 성장을 멈추지 않는 파초 같은 이들에 대한 격려와 위로처럼 보이기도 한다. 계속 자랄 수 있다고, 잘하고 있다고.

20대엔 빛나는 사람들이 눈에 띄었다. 30대엔 그 빛들 사이에서 제 빛을 내는 사람들이 보인다. 정진 끝에 두각을 나타내는 사람들. 그들 가운데는 그냥 실력이 뛰어난 게 아니라 그릇도 남달리 커 보이는 사람들이 있다. 그들은 훌륭한 인격을 타고나거나 물려받거나 활동 기반을 스스로 쌓아올렸거나, 치열한 고민의 결과 올바른 방향성을 얻기도 한 사람들이다. 저 사람은 앞으로 훨씬 더 성장하겠구나, 아직 젊으니 계속 더 훌륭한 작업물을 내놓겠구나 하는 생각이 든다.

그런 감탄을 하다 보면 문득 나의 작은 그릇이 비쳐 보인다. 꽉꽉 채워도, 넘치게 담아도 그릇이 작아 결국은 작은 사람에 머물고 말 것 같은 나의 미래를 본다.

타고난 그릇이 작은걸, 하고 멈춰 있던 시간. 그런 한편
으로는 큰 그릇 하나가 꼭 좋은 걸까 하는 의심도 있었다.
'선택과 집중'이라는, 한 가지 목표를 위해 다 쏟아붓지
않으면 안 된다는 외침들에 나는 여전히 고개를 갸웃거린
다. 큰 그릇이었던 적이 없어 잘 모르겠다. 살아가며 얻은
모든 것들이 한데 비벼지는 기분이 어떤 것인지.

모자합母子盒은 엄마합과 아이합이라는 뜻이다. 모합母盒
안에 여러 개의 작은 자합子盒이 담겨 한 벌이 되는 그릇이
다. 모자합은 주로 화장품을 담아 한데 모아놓는 용도로 쓰
였다. 옛사람들의 근사한 메이크업 박스였던 셈이다. 전복
껍데기와 매부리바다거북의 등딱지인 대모玳瑁, 금속을 꼬
아 만든 선으로 빛나는 이 자합을 보았을 때, 세상 어딘가에
있었을 이 합의 모합과 다른 자합들을 떠올려보게 되었다.
더 큰 그릇 안에 온전히 담기는 작은 그릇 여러 개가 눈길을
끌었다.

작은 그릇 하나하나에 담긴 마음들이 작지만 또렷한 팔
레트처럼 나를 만들고 있었구나 깨달았다. 내 삶 자체가

〈나전국화넝쿨무늬자합〉,
고려 12세기,
국립중앙박물관

전복 껍데기와 대모, 금속을 꼬아
만든 선으로 빛나는 이 자합을
보았을 때, 세상 어딘가에 있었을
이 합의 모합과 다른 자합들을
떠올려보게 되었다。

아주 많은 합들을 채워나가는 더 커다란 합이 되면 되는 것이다. 여럿이 모여 하나가 된 모자합에 어떤 이름을 붙이는가는 내가 고민하지 않아도, 세상이 알아서 해줄 일이다.

조선 후기에 만들어진 이 백자 연적은 물 담는 부분은 순백자로 하고, 사자만 청화와 철화로 알록달록하게 칠했다. 똘망똘망 씰룩씰룩, 사자의 얼굴과 몸, 꼬리에 아기자기한 곡선의 맛이 넘친다. 번쩍 고개를 들고 눈을 빛내는 사자는 각설탕처럼 간결한 육면체의 연적 몸통과 대조되어, 더욱 생동감이 느껴진다.

이 연적이 만들어지던 시기, 동아시아에서는 중국 청나라에서 만들어진 '오채五彩'나 일본의 이로에[色繪]처럼 색감이 화려한 장식을 넣은 백자가 대세였다. 이런 색색의 안료(물감)는 불에 견딜 수 있는 온도가 낮은 편이라 저화도 안료라고 부르는데, 섭씨 1200~1300도가 넘는 백

〈백자 청화 철화 사자장식 연적〉,
조선 후기,
국립중앙박물관

곡선미 넘치는 사자의 몸을 한
이 연적은 물 담는 부분은
순백자로 하고,
사자만 청화와 철화로 칠했다.

자 가마에서는 다 타버리고 만다. 오채 자기는 유약까지 입힌 백자를 먼저 만든 뒤에, 그 위에 안료를 칠하고 낮은 온도에서 한 번 더 구워내 완성한다.

중국과 일본의 채색 백자는 유럽과 이슬람 문화권으로 대량으로 수출되면서 17~18세기에는 유럽 전역에 시누아즈리Chinoiserie 유행을 일으키기도 했다. 도자기, 옷, 장식품 같은 중국 물건들을 소비하거나, 그런 물품을 손에 넣기가 여의치 않으면 디자인을 적당히 모방해서 만들기도 했다. 프랑스어로 '중국스러운 것'이라는 뜻인 시누아즈리라는 말 그대로, 중국스러운 것이면 뭐든 팔리는 시대였다. 그다음 다음 세기가 되면 소비할 대상을 중국에서 일본으로 바꾼 자포니슴Japonism도 등장한다.

그러나 이렇게 색색의 저화도 안료를 채택한 중국, 일본과 달리 조선 백자는 끝까지 청, 동, 철 3종 고화도 안료 외길을 걸었다. 이 안료들은 백자가 구워지는 고온을 견딜 수 있으므로, 흙으로 빚어 초벌구이 한 그릇 표면에 바로 칠하고, 그 위에 유약을 입혀 구워낼 수 있다. 그림까지 유약으로 보호가 되기 때문에, 마모되거나 지워지는 일이 없다. 그러나 조선 사람들도 해외 도자들의 알록달록한 느낌을 포기하기 많이 아쉬웠던지, 중국과 일본에서 수입한 화려한 자기를 사다 집을 꾸몄다. 값비싼 수입품이었으니, 당시 이런 사치를 지적하는 기록들이 전한다.

당시 조선에는 저화도 안료로 그림을 그려 생산할 기술이 없었던 것도 아니고, 저화도 안료를 찾는 수요가 없었던 것도 아니다. 그런데 조선시대 백자가 저렇게 단조로운 색들만 고집한 것은 가볍고 번잡스러운 장식을 피하려는 의도일 수 있다. 백자의 깨끗하고 담백한 아름다움이 성리학적인 검박한 기품을 상징했기 때문이기도 하다.

다시 연적으로 돌아와 사자 생김새를 찬찬히 뜯어보자면, 사자 모양은 틀로 찍어낸 뒤 세부를 칼로 다듬었을 것이다. 뾰족하게 튀어나온 송곳니와 입술 주변에 청화 안료로 자잘한 털 결을 그려 넣고, 그 위에 다시 철화 안료로 중요한 윤곽을 덧칠해 입체적인 느낌을 내려고 했다.

청화, 동화, 철화 안료를 사용해 이렇게 열심히 꾸민 흔적을 따라가볼 때마다 문득문득 떠오르는 게 하나 있다. 40색 크레파스. 언니가 학교에서 상으로 타온 40색 크레파스에 손도 못 대게 하는 게, 얼마나 얄미웠던지. 에메랄

드 색이나 연보라색 같은 예쁜 중간색들을 쓰고 싶어서, 그림을 그릴 때마다 아쉽고 답답했다. 내 크레파스 상자엔 없는 색을 탐내던 강렬한 마음이 오랜 시간이 지난 지금까지도 생생하게 기억에 남아 있다.

그러니, 조선시대에 백자 가마에서 장식을 하던 사기장들은 하얀 백자를 앞에 놓고, 얼마나 답답한 노릇이었을까. 사람들은 이것도 그려달라 저것도 그려달라고 난리였을 텐데, 섞어 쓸 수도 없는 세 가지 색을 가지고, 할 수 있는 재주를 다 부려야 했으니 말이다.

하지만 장식에 쓸 수 있는 색은 한정되어 있더라도 조선 백자 곳곳에는 눈에 익어갈수록 돋보이는 아름다움이 숨어 있다. 그 맛에 더 오래오래 들여다보며 사랑하는 것인지도.

술을 마시지 않고 살던 시기가 있었다는 것을 스스로도 믿기 어렵다. 스무 살이 되어 술을 마시기 시작했으니, 아직은 살면서 마신 세월보다 안 마신 세월이 긴데도. 최근에는 커피와 영양제 가짓수를 줄이기 시작했다. 간과 신장을 아껴야 오래오래 마시지 않을까 해서다. 백세시대라지만 술을 못 먹고 오래만 사는 건 재미가 적지 않을까.

그래서 계명대박물관에 있는 〈백수백복도百壽百福圖〉는 내게 완벽한 장수와 행복의 상징처럼 여겨지는 작품이다. 17세기에 처음 중국에서 전해진 〈백수백복도〉는 장수를 의미하는 '수壽' 자와 '복福' 자를 다양한 도안처럼 만들어 화면을 가득 채우는 그림이다. 조선 후기에는 그림이나 물건에 이 두 글자를 장식하는 것이 유행해, 아예 둘을 합쳐 '수복자문壽福字文'이라는 무늬로 불렸다. 글자 두 자로 여러 폭의 병풍 그림을 꾸밀 수 있는 비결은 서체에 있다. 전서체를 그림처럼 변형시켜 쓰는 장식 서체 잡체 전雜體篆을 활용해, 한 글자 한 글자 다 다른 모양으로 자유롭게 장식해서 그려 넣을 수 있었다.

계명대학교 행소박물관에 있는 민화 작품은 한 술 더 떠 다양한 스타일로 쓴 '수' 자와 '복' 자 사이에 다채로운 동식물과 사물들을 그렸는데, 거기에도 또 조그맣게 '수' 자와 '복' 자를 써넣었다. 글자 자체는 아무리 색과 글씨체를 바꾸어도 한계가 있으니 일종의 치트 키를 쓴 셈이다. 덕분에 화면은 한층 더 화사하고 풍성하게 채워졌다.

이 그림이 그려진 19세기는 장식용 채색화가 활발하게 제작되던 시기였다. 특히 호화롭게 장정한 서책과 진귀한 문구류, 골동품으로 꾸민 책장을 그린 책가도가 큰 인기를 끌었다. 이 그림에 등장하는 글자 사이 중국 골동 그릇과 물건들도 이런 채색화 속 모티프들을 참고했을 것이다.

재미있는 것은 동물들 옆에도 찰랑찰랑한 잔과 병이 하나씩 놓여 있는 것이다. 어떤 강아지는 건배 타이밍을 살

〈백수백복도〉,
조선 19세기,
계명대학교 행소박물관

장수를 의미하는 「수壽」 자와 「복福」
자로 만든 다양한 도안으로
화면을 가득 채운 이 그림은
그 과함 자체가 본질에 가깝다.

피듯 눈을 크게 뜨고 있고, 고양이는 킁킁 술 냄새를 맡듯이 꼬리를 잔 주위에 돌리고 있다. 그 외에도 한잔씩들 걸치는 다양한 동물들의 모습이 매력 만점인데, 항아리도 병도 잔도 모두 안이 가득 채워진 모습으로 그려져 있어 그림을 보는 애주가의 마음은 더없이 흡족해진다.

〈백수백복도〉는 사군자나 십장생을 넣은 그림처럼 점 잖은 축원의 그림은 아니다. 똑같은 글자를 여러 번 반복 해 그려 넣으니, 한때 유행하던 명품 브랜드의 알록달록 한 모노그램 시리즈처럼 좀 과한 느낌도 든다. 그러나 그 과함 자체가 〈백수백복도〉의 본질에 가깝다. 복을 빌어 줄 땐 넘치도록 빌어주어야 받는 이에게 가닿을 것 같으 니까.

이 두 백자 항아리는 모양은 닮았지만 상태는 다르다. 하나는 하얗게 깨끗하고, 다른 하나는 얼룩덜룩하다. 박물관에 들어온 두 점은 어릴 때 헤어져 다른 모양의 삶을 살다 다시 만난 형제 같다. 비슷한 시기에 비슷한 디자인으로 만들어진 항아리들, 그러나 가마에 들어갔다 나오며 달라지고, 사람들의 삶에 들어갔다 나오며 또 달라진다.

닮았지만 다른 것, 다르지만 뜯어보면 닮은 것. 서로 얼굴을 모르는 장인들의 손으로 빚어졌지만 생김새와 만듦새에 흐르는 혈연 같은 것. 미술사에서는 양식(스타일)이라고 부르는 이런 인연들이 도드라지는 것이 공예품이 지닌 매력이다.

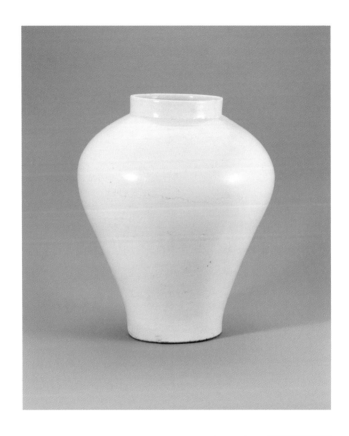

〈백자 항아리〉,
조선,
국립중앙박물관

두 백자 항아리처럼 다른 양식의

도자기들을 들여다보면 갑자기

뭉클해질 때가 있다.

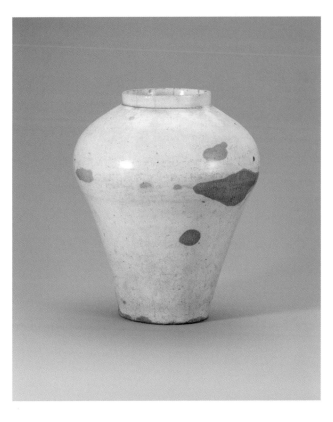

우리의 삶에도 여러 가지 양식이 들어오고 변화한다. 1990년대를 배경으로 한 드라마에 나오는, 길게 늘인 허리띠나 상체에 딱 붙는 '쫄티' 같은 패션에만 스타일이 있는 것은 아니다. 사랑을 표현하는 데에도 양식이 있고, 그 양식은 시간에 따라 변한다. 가령 부모님에 대한 사랑을 표현하기 위해 뭔가를 자꾸 만들어내던 시대가 있었다. 핑킹가위로 오린 색종이로 카네이션을 만들고, 가족의 웃는 얼굴을 점토나 달걀 껍질로 가족 수대로 만들기도 했다. 그것은 이내 꽃과 리본이 그려진 편지지에 장문의 반성문과 다짐을 섞어 쓰는 것으로 바뀌었다가, 살짝 비싼 물건을 구입해 꽃다발과 함께 건네는 것이 되었다.

가장 최신의 양식은 함께 시간을 보내는 것이다. 그 시간을 무엇으로 채우는지는 정해져 있지 않다. 뜬금없는 시간대에 전화를 걸어 짧은 통화를 하기도 하고, 천천히 조촐한 식사를 함께 하기도 하고, 기르는 화분에서 꺾꽂이할 순을 나누어 갖기도 한다. 부모님이 떠날 때 집 앞에서 차를 오래오래 배웅하는 동안에도 나는 두 분과 함께 시간을 보내는 느낌이 든다.

시대마다, 지역마다 다른 양식의 도자기들을 들여다보

면 갑자기 뭉클해질 때가 있다. 각각의 양식들은 모두 당대인들이 가장 아름답다고 생각한 모양을, 구할 수 있는 최상의 재료로, 할 수 있는 가장 최선의 방법으로 구현한 것들이기 때문이다. 오늘의 나는 어떤 양식을 이루며 살아가고 있는지, 바쁜 마음에서 한 발짝 물러나 조용히 바라보게 된다.